Ilse Hampe

Großmutters Erlebnisse

Bibliografische Information der Deutschen Nationalbibliothek: Die Deutsche Nationalbibliothek verzeichnet diese Publikation in der Deutschen Nationalbibliografie; detaillierte bibliografische Daten sind im Internet über <u>dnb.dnb.de</u> abrufbar.

Herstellung und Verlag: BoD – Books on Demand, Norderstedt

ISBN: 9783751970839

Inhaltsverzeichnis

Oma, die sportliche

Großmutter Elly war sportlich. Eindeutig. Sie nahm an keinem Marathon teil, Joggen war auch nicht ihr Ding, aber das Wandern, nein, nicht im Flachen, kein Spaziergengehen, sondern forderndes Bergwandern, das war ihre Leidenschaft. Dabei war sie erst im Alter von über 60 auf dieses Hobby gestoßen. Man entwickelt sich halt. Wenn eine Leni Riefenstahl mit über 70 das Tauchen, so richtig mit Sauerstoffflaschen, zu praktizieren begann, na ja, um gewaltige Unterwasserfotos zu schießen, dann konnte Oma mit einer Dekade weniger in die andere Richtung streben, hoch hinauf auf die Gipfel! Geübt hatte Elly ein wenig bereits mit 50. Aber so richtig warm geworden war sie nicht mit dieser anstrengenden Sportart. Dennoch wiederholte sie immer wieder, sie sei ihren Freunden Dagmar und Friedrich bis in alle Ewigkeit dankbar für die Einführung in die Bergwelt. Inzwischen hatte beide die Fähigkeit, in die Höhen zu gelangen, verlassen: Dagmar litt an schmerzhafter Arthrose und bei Friedrich meckerte der Meniskus bei der geringsten Belastung. Umso fitter fühlte sich Elly. Obwohl ihr bewusst war, dass es von heute auf morgen vorbei sein konnte. Ja, schlagartig und ohne jegliche Vorwarnung. Fazit: Carpe diem.

Das Wandern unternahm sie allwöchentlich in einer Gruppe. Auch im Winter. Das waren die schönsten Ausflüge! Ein Ersatz für die Landschaften beim Schilaufen, eine Sportart, die Elly nach einem komplizierten Bruch mit Kreuzbandriss ad acta legen musste. Eines Tages im November hatten die Damen einen unerwarteter Weise bereits vollkommen verschneiten Gipfel erklommen, ein heftiger Wind wehte, kaum Sicht, Eiseskälte! Für Anfang November ein verfrühter Winteranfang. Vor ihnen eine verlassene Hütte, die ein wenig Schutz vor den Schneeverwehungen bot. Dort beschlossen sie, ihre Brotzeit einzunehmen. Mit zitternden Händen packte Elly ihre Mahlzeit aus, als unversehens ihr Blick auf ein an der Hauswand hängendes Thermometer fiel. Es zeigte: 10 Grad minus. Sollte man dieser Angabe trauen? So verkommen wie das Häuschen war, rechnete man hier nicht ohne weiteres mit einem einwandfrei funktionierenden Gegenstand! Elly tat ein paar Bissen, packte dann mit noch heftiger zitternden Händen ihre Habseligkeiten wieder in den Rucksack und verkündete: *„Es tut mir leid. Ich ertrage diese Kälte nicht. Ich schlage schon mal den Rückweg ein. Ich werde erst Halt machen, wenn es mir wärmer geworden ist."* Elly marschierte ganz alleine hinunter, drehte sich aber des Öfteren zurück zu den anderen, die auf der kahlen Anhöhe gut zu erkennen waren. Erst im Wald angelangt, da wo kein Schnee lag, fühlte Elly ihre Zehen wieder, die ihr bis dahin zu Eisklumpen erstarrt vorgekommen waren. Sie setzte sich auf einen Baumstumpf, packte zum zweiten Mal ihr Essen aus und kräftigte sich. Die Kälte war ihr durch Mark und Bein gegangen. Sie litt unter Durchblutungsstörungen. Sie fror sehr leicht und schnell an den Zehen und an den Fingern. Auch in Bewegung. Die Mitwanderer pflegten den Kopf zu schütteln: *„Wie kann man beim Bergsteigen kalte Füße bekommen? Da wird doch die Blutzirkulation erst recht in Gang gesetzt!"* Nicht so bei Elly. Sie war in dieser Hinsicht ein Unikum. Auch beim Schlittschuhlaufen hatte sie schon manche Schmerzensträne vergossen. Was hatte sie schon alles ausprobiert: Wollstrümpfe, Seidenstrümpfe! Einer Dame hatte sie einen pelzigen Überzug für die Schlittschuhe abgeguckt, sich bei deren Schneiderin eine Kopie anfertigen lassen. Nichts half! Nach einer Stunde, vor allem auf einem gefrorenen See, fühlte sie ihre Zehen nicht mehr. Die Schmerzen unerträglich! Sie würde sich nun fürs Wandern etwas einfallen lassen müssen. Eine Entdeckung drei Tage nach dieser Wanderung mit der verfrühten Schneedecke gab Elly ernsthaft zu bedenken. Als sie am Abend die Strümpfe abstreifte, sah sie sich ihre Fußsohlen an. Ohne irgendeinen spezifischen Grund. Welcher

Schreck! Die Haut löste sich von selbst von beiden Füßen! Sie hatte also auf der besagten Wanderung Erfrierungen erlitten! Kein Wunder, dass sie nicht imstande gewesen war, die eisige Kälte auszuhalten, die Flucht ergriffen hatte! Und die Temperaturangabe an der Hüttenwand hatte offenbar gestimmt! Der Beweis: Ihre Füße! Klar war: Sie musste nun zur Tat greifen! Als erstes bessere Wanderschuhe, d. h. mit höherer Sohle, die eine bessere Isolation von der Bodenkälte boten. Dann die Wärmezufuhr. Im Internet machte sich Elly kundig und entschied sich für beheizbare Einlegesohlen mit Batterieantrieb. Gar nicht teuer! Und siehe da: Sie funktionierten! Sie wärmten zwar nicht, aber Elly empfand keine Kälte mehr. Das reichte ihr vollkommen. Ein Quantensprung in ihrem Wohlgefühl! Und da sie schon dabei war, gönnte sie sich gleich die nächste Wohltat: Sie verschaffte sich ebenfalls beheizbare Handschuhe. Eine verkabelte Elly! Aber so gewappnet, konnte sie dem Winter mit seiner Kälte trotzen!

Für das Wandern konnte Elly ihre Enkel nicht begeistern, dafür brachte sie den ältesten schon mal das Schlittschuhlaufen bei. In den Anlagen stehen Pinguine zur Verfügung, die den Lehrgang sehr erleichtern und den Kindern eine gewisse Sicherheit verleihen. Sie selber hatte diese Sportart erst spät erlernt: Im Alter von ca. 35 Jahren mit ihrer fünfjährigen Tochter an der Hand. Alle zwei gleichzeitig unsicher auf dem Eis torkelnd! Und ihr Sohn hatte es sich in der Klicke durch trial and error, mit Stürzen und Wiederaufrichten selber beigebracht. Auf die Bäume war sie mit ihren beiden oft geklettert. Es hatte ihr großen Spaß bereitet. Dann kam die Zeit, in der sich die Kinder anderen Beschäftigungen zuwandten. Elly unterließ es, alleine in den Ästen herum zu kraxeln. Friedrich bemerkte mit recht: *„Es fehlen dir Kinder, bei denen du mitmachen könntest. Die Fähigkeit und die Lust, auf Bäume zu steigen, sind bei dir immer noch vorhanden!"* Als dann die Enkel da waren, war es für Elly zu spät. Sie traute sich nicht mehr. Ebenso erging es ihr mit Handstand und Radschlagen. Beides hatte sie gern am Strand geübt und vorgeführt. Mit Bravour! Aber inzwischen konnte sie sich nicht mehr auf ihre Hände verlassen: Eine Rissarthrose hinderte das Spreizen des Daumens. Elly war vernünftig genug, auf diese Vergnügen zu verzichten. Das Alter brachte kleine Einschränkungen mit sich, die nicht ohne Risiko zu überschreiten waren. Elly begnügte sich mit dem Machbaren, ohne Reue oder Bitternis.

In der Stadt erledigte sie ihre Besorgungen, die Besuche, alle nur erdenklichen Fahrten, auf dem Fahrrad. Im Grunde genommen aus Faulheit. Ja, denn das Rad stand stets griffbereit vor der Haustüre, das Auto hingegen befand sich in der angemieteten Tiefgarage, ca. 50 m von der Wohnung entfernt, dann auch noch in der hintersten Ecke dieser verzweigten Katakombe. Eh sie den Wagen gestartet hätte, war sie auf dem Fahrrad schon längst am Zielort, wenn dieser nicht zu weit entfernt lag. Und dann die Parkplatzprobleme! Mit dem Zweirad? Unbekannt! Immer konnte sie direkt vor dem Gebäude absteigen, im Nu war sie an Ort und Stelle. Das Auto aber hätte sie meist auf dem Rücken weitertragen müssen, denn Abstellplätze sind in unseren Großstädten eindeutig Mangelware. Autos sollen wir uns gefälligst anschaffen, die Autoindustrie muss ja weiterleben! Aber ja nicht auf die Autobahnen hinauswagen, die sind ewig verstopft, und in die Stadt sollen wir schon gar nicht, u. a. zur Luftreinhaltung! Aber dieses Freiheitsgefühl! Wann immer Elly an den See, in die Berge fahren wollte, immer war ihr Fortbewegungsmittel zur Hand. Carsharing hin oder her, ihr Auto stand Gewehr bei Fuß, parat ohne lästiges Suchen auf Smartphone, I-Phone oder wie sie alle heißen! Als ihr altes Auto für lange Fahrten unsicher geworden war, mietete sie einmal einen Wagen für einen Wochenendausflug. Die Fahrt wurde zum Horrortrip! Diese Technik! Wie sollte sie, die von sich behauptete, nur zwei linke Hände zu besitzen, dieses

Instrumentarium auf die Schnelle lernen und beherrschen? Dieses Erlebnis gedieh ihr zur Lehre: Bei Mietautos oder beim Carsharing würde sie immer wieder neuen Bedienungsanleitungen ausgesetzt sein und sie benötigte ein anwendungsfreundliches und vor allem gleichbleibendes Gerät. Somit entschied sie sich beim Ausscheiden ihres alten Autos zum Kauf eines neuen, eigenen, das sie nicht bei jeder Fahrt vor neue Herausforderungen stellen würde.

Das Fahrrad war für sie dennoch Fortbewegungsmittel Nummer eins, und zwar zu allen Jahreszeiten, bei allen Witterungsverhältnissen. Nach dem Motto: *„Es gibt kein schlechtes Wetter, nur schlechte Kleidung!"* Die Ausrüstung war vorhanden. Frieren auf ihrem Liebling war Elly unbekannt. Bei einer Gesellschaft angelangt – immer aus Sicherheitsgründen in Hosen gekleidet, während wunderschöne Röcke aus der Vorfahrradzeit vor Langeweile im Kleiderschrank vor sich hin gähnten! – wurde Elly bewundert: *„Sind Sie mit dem Fahrrad gekommen? Ja, fantastisch! Und ist es Ihnen nicht zu kalt? Heute ist es doch unangenehm frostig! Wie schaffen Sie das bloß! Ich bin dazu nicht mehr imstande. Früher schon, aber in meinem jetzigen Alter, nein danke. Aber machen Sie nur weiter so! Das hält schlank und härtet ab. Ich habe Sie noch nie mit Schnupfen erlebt!"* So rauschten die Bemerkungen auf Elly herab. Sie wusste ganz genau, dass nicht alle Ausdrücke der Bewunderung echt gemeint waren. Im Gegenteil. Hatte nicht jemand gerade soeben mit dem Vogel nach ihr gezeigt? Hielt man sie im Allgemeinen nicht schlichtweg für verrückt? Gut, für verschroben. Sollte Elly dem Druck nachgeben? Nur noch bei strahlendem Wetter radeln? Nein, dann wäre es bald vorbei mit der Kondition, der Figur, der Strenge sich selber gegenüber, sprich dem Durchhaltevermögen! Auch wenn es ihr lästig fiel, die nasse Regenhose versteckt in einer Ecke herunterzustreifen, auch wenn es sie manchmal Überwindung kostete, Schicht über Schicht anzuziehen, um weder nass noch erfroren am Ziel anzukommen, das Endergebnis ließ sich sehen! Stramme Waden, gleichbleibendes Gewicht, eiserne Gesundheit.

Auf der einen Seite also musste Elly am Ziel angelangt die Lawine an gut oder böse gemeinten Tiraden über sich ergehen lassen, andrerseits gestaltete sich der Weg dorthin oft als ein weiteres Martyrium. Was für Blicke trafen sie wie Blitze, wie Messerstiche im Vorbeiradeln oder beim Halten an einer Ampel! Manch ein Autofahrer oder sein Beifahrer drehte sich noch einige Sekunden nach ihr um! Wie sah sie auch aus! Erstaunte, fast feindliche oder zumindest erschrockene Blicke galten ihrer Maske. Ja, so konnte man ihre Arbeitsschutzbrille bezeichnen. Den Tipp erhielt sie von einer Bekannten, als Elly diese unter strömendem Regen von der U-Bahnhaltestelle abholte. Nicht, dass ihr die Freundin in der Aufmachung mit der großen, breiten, durchsichtigen Plastikbrille gefallen hätte, ganz im Gegenteil. Sie sah zum Schreien aus! Aber Elly erkannte sofort den Nutzen: So wie die Brille die Augen eines Arbeiters vor herumspringenden Metallstückchen usw. schützen sollte, so würde sie die ihrigen vor Kälte, Wind und Luftzug beim Radeln bewahren. Unermesslich litt sie unter den tränenden Augen, aus denen Bächlein die Wangen hinunterzufließen pflegten, sodass ihr der Durchblick genommen war! Ein gefährlicher Umstand, abgesehen von unangenehm. Bereits bei angenehmen 18° fing das lästige Weinen an. Auch beim Gehen oder Wandern. Also erklärte sich die praktische Elly sofort bereit, die Unsumme von 10,- Euro für eine solche Brille auszugeben. Einen Versuch war diese Ausgabe allemal wert! Sie ließ sich die Adresse des Händlers geben, der sich leider in Bahnhofsnähe, d. h. in beträchtlicher Entfernung von Ellys Zuhause befand. Aber die Mühe von fast einer Stunde Fahrzeit auf dem Fahrrad schreckte sie nicht ab. Einfache Fahrzeit selbstverständlich. Mit der Schutzbrille geschmückt sah Elly nicht besser als ihre Freundin aus! Aber, oh Herrlichkeit! Ihr Leben, genauer gesagt, ihr Fahrradleben hatte sich schlagartig geändert, gebessert! Was kümmerten sie die erschreckten Fußgänger, solange sie freie Sicht hatte! Seitlich zog ein leichter Windzug herein, aber ihre Lebensqualität hatte sich um 80% gebessert! Vorbei die Zeiten, in denen sie als Erstes bei ihrer Ankunft Wangen und Augen abtrocknen musste, bevor sie bereit stand, irgendjemanden zu grüßen. Dieser qualvolle Umstand gehörte der Vergangenheit an.

Damit ein Fahrrad gute Dienste leistet, muss auch der Radler seinen Beitrag zu einer erfolgreichen Tour beisteuern. Selbstfahrende Räder stehen uns noch nicht zur Verfügung. Elly war zu einer Geburtstagsfeier im kleinen Rahmen eingeladen. Die Entfernung zum Hause der Freundin war gering, die Sonne stand wohlwollend am Himmel und das Geschenk fand ausreichend Platz im Fahrradkorb; demnach gab es keinen Grund, nicht auf dem Rad zum Kaffeeklatsch zu fahren. Nach Tee und Kuchen wurde dem Geburtstagskind mit Sekt zugeprostet. Elly war diesem Getränk sehr zugetan, auch wenn sie dieses Mal nur zwei Gläschen abbekam. Sie fühlte sich dennoch ein wenig angeheitert, glücklich, enthemmt. In dieser Verfassung schwang sie sich auf ihr Rad, um den Heimweg anzutreten, ja, denn auch auf dem Rad wird getreten! Sie musste durch eine enge Straße ohne Fahrradweg. Die linke Straßenseite war komplett mit Autos zugeparkt. Es verblieb quasi nur eine Fahrspur, die ihrige. Aber auf dieser kam ihr der Verkehr entgegen. Eine Limousine quetschte sich an Elly vorbei; gleich dahinter erschien ein Sprinter, zu breit, um an Ellys Seite vorbeihuschen zu können. Elly hatte zwar Vorfahrt, da ihre Spur die freie war, aber als höflich veranlagter Mensch wollte sie den Verkehr nicht aufhalten und ihm ausweichen, indem sie sich auf den leeren Bürgersteig schwang. Einfach so über den hohen Bordstein, das misslang und sie landete auf dem Boden. Ein Pedal hatte ihr Schienbein gerammt – das würde einen hässlichen blauen

Flecken hinterlassen - , das Knie hatte einen Stoß erlitten, die Hose war noch intakt, nach einer eventuellen Wunde würde sie später suchen müssen. Elly sprang gekonnt auf, stellte ihr Fahrrad hin – und konnte nicht wegfahren. Die Kette war herausgesprungen. Da sie nicht auf den Mund gefallen war, sprach sie umgehend den Sprinterfahrer an, den Schuldigen an ihrem kleinen Unfall, er möge doch liebenswürdigerweise die Kette wieder einfädeln. Denn mehr als Fahrradfahren beherrschte sie nicht! Kaum Aufpumpen gelang ihr halbwegs! Und das nur mit den französischen Ventilen. Diesen Tipp hatte ihr vor langer Zeit ein Freund erteilt. Die machten einen großen Unterschied. Der Fahrer willigte sofort ein, parkte sein Fahrzeug, fragte nicht nach dem Befinden des Unfallopfers, brachte die Kette geschickt wieder an die richtige Stelle und beäugte die Oma misstrauisch. Elly wagte kaum, den Mund zu öffnen, geschweige denn Worte vernehmen zu lassen. Gedanken überschlugen sich in ihrem Gehirn. Ob er den Alkoholgeruch bei ihr wahrnahm? Was würde er von dieser alten Dame denken? Obendrein handelte es sich um einen Ausländer. Welches Bild würde er sich von deutschen Seniorinnen machen? *„Alles Säuferinnen! Alle verkommen!“* Elly schämte sich. Was hatte sie da angerichtet? Alle älteren Damen in Verruf gebracht! Sie bedankte sich kurz beim Fahrer und fuhr auf dem Bürgersteig weiter. Dabei richtete sie reumütig eine Entschuldigung an die nicht anwesenden den höheren Semestern angehörigen deutschen Frauen!

Ketten springen schon mal öfters heraus. Das haben sie so an sich. Elly stand auch ein weiteres Mal vor diesem Problem, das sie selber nicht lösen konnte. Ihre Hände waren verdreckt, schwarz, verölt. Die Kette saß allerdings immer noch nicht. Also schob sie ihr Gefährt in das 500 m von ihrer Wohnung entfernte Fahrradgeschäft. Es war 11 Uhr, dennoch niemand zugegen. Sie überlegte kurz, ob sie das Rad dort abstellen sollte, dann entschied sie sich doch für die Heimkehr. Vielleicht traf sie ihren netten

Nachbarn an, der ihr sicherlich zu Hilfe kommen würde. Unterwegs eine Begegnung. Drei junge Ausländer, dunkelhäutig, aber nicht schwarz, kamen ihr freudig gestikulierend entgegen. Einer von ihnen stürzte sich fast auf Elly mit der Bitte um Hilfe. Er zeigte auf sein Handy, wo die Karte mit den umgebenden Straßen aufgezeichnet war. *„Bitte, Sie können Hilfe? Dies Straße Sie kennen?"* Elly musste auflachen. Die Straße war nur 50 m entfernt. Die jungen Leute mit ihren hochmodernen Geräten, aber unfähig sie richtig zu bedienen oder einfach genau zu schauen. Da fiel ihr ein Handel ein: *„Selbstverständlich kann ich euch helfen. Aber ich brauche auch etwas. Kann mir jemand von euch die Kette wieder anbringen?"* Ein Kamerad meldete sich, das Rad wurde umgestülpt, Elly bot Papiertaschentücher an und prompt war die Arbeit erledigt. *„Ich haben hundred Fahrrad in Afghanistan!",* verkündete der erfolgreiche Helfer. Elly, nicht schüchtern: *„Das ist aber toll! Ich hingegen besitze nur ein einziges Fahrrad."* Daraufhin der angeblich reiche Afghane: *„ Nein, nein, ich auch nur ein. Marke Hundred."* So klärte sich das Missverständnis. Elly zeigte den sympathischen Paschtunen den Weg und erreichte selbst schnell auf dem Rad fahrend ihr Zuhause.

Eines Abends wollte Elly, immer in Eile, immer auf den letzten Drücker, zu einer Veranstaltung radeln. Aber oh Schreck, das Rad hatte einen Platten. Da erinnerte sie sich an ihr Uraltrad, das im Fahrradhäuschen einen Dornröschenschlaf hielt. Schnell pumpte sie es auf, wischte mit einem Tempo oberflächlich den Jahrhundertstaub weg und schon war sie unterwegs. Ein neuer Schreck überfiel sie nach Ablauf der Veranstaltung: Sie hatte vollkommen vergessen, dass das Licht am Fahrrad defekt war. Inzwischen herrschte Dunkelheit. Bis zur Wohnung hatte sie es nicht sehr weit, etwa 20 Minuten, in belebter Gegend, teilweise mit Radweg versehen und ansonsten würde sie auf den Bürgersteig wechseln. Sie stieg auf, denn Schieben kam für sie nicht in Frage.

Elly passte höllisch auf. Das tat sie immer, egal ob sie die Vorfahrt hatte oder nicht. An Vorfahrt sterben oder Glieder zu brechen, lag ihr nicht. Die Menschen leben nicht mehr im Hier und Jetzt. Sie befinden sich meist in anderen Sphären, nicht auf der Erde. Mit den Kopfhörern schweifen sie ab in die Welt der Musik oder sie telefonieren, auf das Geschehen um sie herum achten sie nicht. Also erledigte Elly die Diesseitsarbeit für sie, indem sie auf die Anderen Obacht gab. Das funktionierte bei ihr gut, sie hatte noch niemanden umgefahren oder selbst einen Unfall erlitten. Im Gegensatz zu vielen Bekannten, die die Krankenhäuser auch von innen kennen gelernt hatten. An diesem besagten Abend hielt Elly Ausschau nach der Polizei, die sie nicht unbedingt ohne Licht erwischen sollte. Und tatsächlich: Da kam sie angefahren! Noch im grünen Anstrich, besser sichtbar als der derzeitige blaue. Elly, nichts wie weg! Sie bog schnell in die nächste Nebenstraße ein, noch bevor die Grünen sie erblickt hatten. So zahlte sich ihr Training der Adleraugen aus! Denn sie erreichte unbehelligt, aber nicht ohne Herzklopfen ihr Heim! *„Noch einmal gut gegangen!"*, sagte sie sich.

Bei den Herbsttemperaturen leistete die Arbeitsschutzbrille zwar gute Dienste, bei Eiseskälte und Minusgraden gelang es ihr leider nicht, die Tränenbildung in Schach zu halten. Beim Einkauf im Aldi stieß Elly auf das Angebot von Schibrillen. Sie wägte ab, ob sie nicht eine Alternative bieten konnten. Wieder war sie für ein paar Euro dabei. Wieder eine Brille, die sie über die eigene für die Ferne stülpen konnte. Das Resultat war überwältigend: Die Schibrille hielt vollkommen dicht. Keinerlei Tränen. Trockene Wangen. Einziges Manko: Da sie für den Tag gedacht sind, da sie vor der UV-Strahlung, vor der Reflektion des Sonnenlichts auf dem Schnee schützen sollen, sind sie getönt. Das bedeutet verminderte Sicht in der Dunkelheit, sogar bereits in der Halbdunkelheit. Dieses Übel musste Elly in Kauf nehmen. Lieber weniger sehen durch

Tönung als durch Tränen. Ein Nebeneffekt des Wegbleibens der Tränen war übrigens das Verschwinden der Trockenheit der Lippen. Diese hatte Elly immer tüchtig einschmieren müssen. Anscheinend raubten die abgeflossenen Tränen den Lippen die benötigte Flüssigkeit. Mit der Schibrille war auf einem Schlag auch dieses Symptom beseitigt.

Wenn die Menschen Elly bis dato der ungewöhnlichen und ungewohnten Arbeitsschutzbrille wegen angestarrt hatten, so erlebten sie nun mit der Schibrille in der Stadt und ohne Schnee eine Steigerung. Einige schmunzelten, mancher Schüler schrie ihr hinterher, sie habe sich wohl im Ort geirrt. Wenn sie früher wegen ihrer zwiebelschichtigen Kleidung belächelt wurde, so wurde sie nunmehr vollends für verrückt erklärt. In der ganzen 1,5 Millionen Menschen zählenden Stadt existierte ganz bestimmt kein zweiter Radler mit Schibrille. Aber Elly ging es gut! Sie hatte die Perfektion erreicht. Was kümmerten sie also die verblüfften Gesichter, wenn sie selber das Nirwana erlangt hatte! Es war ihr bewusst, dass sie ein Unikum war. Es war ihr bewusst, dass sie unmöglich aussah, vor allem eingemummt in der Winteroberbekleidung, mit Mütze oder Kapuze, die letztendlich nur eine kleine Partie der Wangen frei ließ.

Eines Abends, als sie in der neuen Ausstattung von einer Veranstaltung auf dem Rad heimkehrte, da verlangsamte ein Autofahrer neben ihr die Fahrgeschwindigkeit und rief ihr ein paar nette Worte zu. Es war ein Bekannter, der die gleiche Veranstaltung besucht hatte. Er witzelte gern und auch dieses Mal neckte er Elly aufgrund ihrer Aufmachung. Sie nahm die Kommentare nicht ernst, denn sie kannte ja seine Charaktereigenschaften. Sie lachte herzlich und der Autofahrer fuhr seines Weges. Ein paar Wochen später waren heftige Schneemassen heruntergekommen und die Temperaturen verharrten auch tagsüber im Minusbereich. Wieder war Elly bei einem Vortrag gewesen und machte sich im Dunkeln auf dem Rad auf den Nachhauseweg. Die Straße war zu dieser Uhrzeit nur wenig befahren, aber geräumt. Der Radweg hingegen fühlte sich äußerst gefährlich an, denn er war vereist und die Radspuren luden zum Rutschen ein. Elly entschied sich für die Fahrt auf der in diesem Falle sichereren Straße. Nach einer Weile verlangsamte auch in dieser Nacht ein Auto neben ihr die Fahrtgeschwindigkeit. *„Guten Abend!"*, wurde sie höflich gegrüßt. Elly erwiderte den Gruß, drehte den Kopf nicht hinüber zum Sprechenden, einerseits weil ihre Kopfbedeckung diese Bewegung kaum zuließ, andrerseits weil sie annahm, ihr Bekannter würde wieder Witze machen. Dann wurde sie aber stutzig, denn im Vergleich zum letzten Mal, wo die Stimme vom Fahrersitz aus, sozusagen aus der Ferne, durch das geöffnete Fenster zu ihr gedrungen war, empfand sie diesmal, sie entstamme aus unmittelbarer Nähe. Somit wurde sie aufmerksam. Was hatte das zu bedeuten? War jemand bei ihrem Bekannten zugestiegen? Sie beschloss, unter großer Anstrengung den Kopf nun doch seitlich nach links zu drehen. Oh, Entsetzen! Neben ihr: Ein Polizeiwagen! Ein junger Polizist, den Arm auf dem geöffneten Fensterabsatz gestützt, schaute sie mit strenger Miene an. Elly blieb gefasst. Sie war sich keines Vergehens bewusst. Checkte schnell ihr Fahrrad mental durch: Die Lichter funktionierten, Bremsen ebenfalls. Kein Grund zur Unruhe. Was wollte er also von ihr? Sogleich kam die Aufklärung: *„Da drüben ist der Fahrradweg." „Ja, aber der ist nicht geräumt"*, gab Elly selbstbewusst zur Antwort. *„Sie müssen ihn dennoch benutzen. Oder noch besser: Bei diesen Witterungsverhältnissen steigen Sie doch lieber auf einen anderen Fahrmodus um." „Okay"*, gab Elly klein bei und wechselte auf den gefährlichen Radweg. Später erkundigte sie sich im Internet: Wenn der Radweg nicht geräumt ist, darf auf der Straße gefahren werden. Also doch! Handelte es sich bei diesem Polizisten etwa um seine eigene Meinung bezüglich der Gefährlichkeit für Radler bei Schnee und Eis? Ein Verbot, unter diesen Umständen zu radeln, existierte nicht. Es lag im Ermessen jedes einzelnen, die Gefahrenlage und die eigene Kondition selber einzuschätzen, so wie die eventuellen Konsequenzen zu tragen.

Die sportliche Oma lud ihre zwei ältesten Enkelkinder, Ludwig, 12, und Max, 10, zu einer einwöchigen Fahrradtour ein. Beide zusammenzubringen war ein schwieriges Unterfangen, da sie in unterschiedlichen Bundesländern lebten und nur zu Ostern gleichzeitig zur Verfügung standen. Anfang April ist nicht die beste Zeit zum Radeln, aber *„gegen die Sommerhitze kann man sich nicht schützen. Gegen Kälte schon!"*, tröstete sich Elly. Sie stellte sich die Litanei der Kinder vor: *„Oh, ist das heiß! Können wir nicht eine Pause einlegen?"* Dann lieber Mütze, Schal, Handschuhe und dicken Anorak anziehen. Die Bewegung bringt die zusätzliche Wärme. Sie starteten in Mainz, um den Rhein bis Köln hinunter zu radeln. Ellys Sohn, Peter, kam mit seinen drei Kindern im Auto nach Mainz, um dort seinen Ältesten der Großmutter zu übergeben. Die drei Kinder stiegen aus dem Wagen und rannten unter fröhlichem Geschrei auf die Omi zu. Das dachte diese zumindest. Groß war ihre Enttäuschung, als sie feststellte, dass die überschwängliche Begrüßung dem Cousin galt und nicht ihr! Der einzige, der die Vorgehensweise oder die Vorliebe der Geschwister nicht so richtig verstanden hatte, war der allerjüngste unter ihnen, der dreijährige Alois, der sich in Omas weit ausgebreitete Arme stürzte. Eine harte Erfahrung für Elly gleich zu Anfang des Trips! Aber gleich kamen auch Max und Ferdinand, um ihre Großmutter stürmisch zu umarmen!

Max war zum ersten Mal ohne Eltern im Urlaub. Es bedeutete für ihn einen großen Schritt. Zum Trost bekam er ein eigenes Handy. Das brauchte er auch. Täglich telefonierte, berichtete er nachhause. Max war nervös und seine Eltern nicht minder. Die sportlichen Leistungen der Oma wurden nicht in Frage gestellt. Schwieriger würde es vielleicht zwischen den Kindern zugehen, die sich nicht mehr als einmal jährlich zu Gesicht bekamen. „Wird es Streit geben? Werden die Jungen ein Wettrennen veranstalten? Werden sie gehorchen? Wird es eventuell gefährlich, wenn es keinen richtigen Fahrradweg gibt oder wenn man Dörfer oder gar Städte durchqueren muss?" Das fragten sich die Eltern insgeheim. Aber das gleiche fragte sich auch Elly. Sie war genauso unsicher und misstrauisch wie Max und seine Eltern. Der einzige, der „cool" blieb, war Ludwig. Er hatte im Jahr zuvor bereits eine einwöchige Fahrradtour mit Elly durchgeführt. Er dünkte sich geübt, erfahren. Es war eine Rad-Schiffsreise gewesen, d. h. man übernachtete auf dem Schiffchen und radelte tagsüber bis zu einer Anlegestelle, zu der das Schiff in der Zwischenzeit gefahren war. An Bord kein weiteres Kind. Die Passagiere: Ältere Herrschaften. Zu Tisch umgeben von netten Damen, mit denen sich Ludwig galant in Konversation übte: „Ich würde sagen, die Soße enthält auch ein wenig Thymian. Was meinen Sie?", fragte er kennerisch, gourmetartig seine gut 80-jährige Tischnachbarin. Kein Wunder, dass die Damen von ihm entzückt waren!

Elly musste sich gegen die Anspannung wappnen. Als Vorsichtsmaßnahme nahm sie täglich eine Tablette zur Beruhigung ihres nervösen Magens ein. Der verursachte bei ihr einen leichten Durchfall, der auf einer Fahrradtour wahrlich fehl am Platz gewesen wäre. Elly bläute den Kindern ein: „In den Städten fahrt ihr brav hintereinander hinter mir her! Ich bin vorne, erkunde den Weg. Außerhalb, auf breiten Fahrradwegen, dürft ihr nebeneinander fahren. Aber ja nicht um die Wette radeln!" Und siehe da, die Kinder gehorchten! Die Ermahnungen brauchte sie kaum ein- oder zweimal zu wiederholen. Es lief wie am Schnürchen! Zwar verzichtete sie auf den Besuch vieler der

Museen und Sehenswürdigkeiten, die sie sich notiert hatte, aber das war unwichtig. Die Nervosität hätte sie sich sparen können. Auch Arthur überstand die Trennung von den Eltern sehr gut. Aber das Telefon trug unweigerlich dazu bei, dass er das Band nachhause aufrechterhalten konnte. Einzig störend für Elly waren die von den Kindern bestellten Gerichte: Pizza, Schnitzel mit Pommes und wieder Pizza bzw. Schnitzel mit Pommes. *„Einfach lecker!"*, wiederholte sich der Kommentar der Cousins. Da bereits am ersten Abend klar wurde, dass sie ihre Portionen nicht aufessen konnten und Elly Sparsamkeit vorleben wollte, bestellte sie kein Gericht für sich selbst, sondern nur einen dritten Teller. Durch die Teilung durch drei blieb kein Krümel übrig! Aber Elly, eh kein Fan von dieser Art von Speisen, war auf Jahre in dieser Rubrik gesättigt.

Noch etwas trichterte Elly den Kindern ein: *„Passt schön auf eure Sachen auf! Lasst nicht die Hälfte eurer Habseligkeiten im Gasthof oder auf dem Rastplatz liegen! Ich kenne dich, Ludwig!"* Letzterer war für seine Zerstreutheit bekannt. Nichts war in seinen Händen sicher! Es verschwanden Schals, Mützen usw. zuhauf! Also durchstöberte Elly jede Ecke des Zimmers, bevor sie ein Hotel verließen, achtete höllisch darauf, dass nichts liegen blieb. Und was kam am Ende der Tour heraus? Kein Kind vermisste irgendeinen Gegenstand. *„Bravo!"*, so könnte man meinen. Kleinlaut musste Elly zugeben, dass ihr nicht nur ein, sondern gleich zwei Dinge abhanden gekommen waren: Schon am dritten Tag das Tacho, das aber eh nicht richtig funktionierte, und am sechsten Tag der Schlüssel zum Fahrradschloss, sodass sie ihr Rad zusammen mit einem der Kinder gehörigen abschließen musste. Ganz schön blamiert hatte sich also Elly! Die Kinder neckten sie genüsslich.

Nach der schönen, etwas kühlen, aber zumindest nicht verregneten Tour kamen die drei heil und guter Dinge in Köln an. Peter und seine Ehefrau Louise konnten sich vergewissern, dass Arthur tatsächlich in guten Händen gewesen und nicht unter die Räder gekommen war; die Erleichterung sah man ihnen in den entspannten Gesichtern an. Es wurde verabredet, im nächsten Jahr nach Möglichkeit nochmals eine Radreise zu veranstalten. Die beiden Kinder stimmten begeistert zu. Da fiel Ellys Blick auf den enttäuschten achtjährigen Ferdinand. *„Schau, Ferdinand, wenn du 10 bist, dann kommst du selbstverständlich auch mit!“*, sagte sie zu ihm und seine Augen erhellten sich zusehends. Er wusste, dass er dann zu den „Großen“ zählen würde. Daraufhin richtete sich Elly dem dreijährigen Alois zu: *„Und du musst noch eine Weile warten, bis du 10 bist. Dann fahren wir zusammen. Bei dir werde ich mir wohl ein E-Bike zulegen müssen, so uralt wie ich dann sein werde!“* Aber Alois' Reaktion war eine ganz andere als die von Ferdinand. Er verkroch sich unter die Beine seiner Mama und sagte bestimmt: *„Nein, Omi, ich fahre mit der Mami!“* Da musste Omi herzlich lachen und meinte: *„Es ist eh noch lange hin. Wer weiß, was in der Zwischenzeit alles passiert!“*

Eines Tages beobachtete Oma ihren jungen Nachbarn, der im Laufe der Jahre die 20 erreicht und sogar überschritten hatte. Er war gerade dabei, sein Motorrad der Marke KTM auf den Anhänger seines schicken SUV zu laden, um an einem Motocross teilzunehmen. Oma blieb nachdenklich neben ihm stehen und bemerkte beiläufig: *„Weißt du, du fährst da die gleiche Marke wie ich. Die ist einfach gut. Da kann man nichts gegen sagen.“* Er machte große Augen und fragte voller Überraschung, vielleicht sogar Entsetzen: *„Sind Sie denn auch Motorrad gefahren?“* *„Nein, nein“*, antwortete Oma ein wenig kleinlaut geworden, *„ich besaß lange ein Fahrrad von dieser Marke.“* *„Ach so!“*, klang es fast erleichtert aus dem Munde des wagemutigen Sportlers.

Manchmal überspannte Elly den Bogen. Sie bewunderte die jungen Leute, die freihändig auf ihren Rädern fuhren und dabei noch nonchalant in ihr Handy tippten. Eine Pracht, wie sie aufrecht auf ihren Sattel saßen, die Umgebung um sich herum ausgiebig betrachteten und seelenruhig die Hände auf den Oberschenkeln platzierten. Und dann überkam es Elly: Sie musste es ausprobieren. Nur sekundenlang. Hände kurz über den Lenker gehalten, dann wieder gefasst. Und es ging. Dann ermahnte sie sich selber: *„Bist du denn von Sinnen? In deinem Alter etwas so gefährliches erlernen? Warum jetzt? Es war dir nie von Bedeutung!"* Hin und wieder ergriff sie die Lust nach diesem Freiheitsempfinden und sie erhob für einige Augenblicke die Hände. Kaum wackelte das Gestell und sie griff wieder fest zu. Aber diese Momente bereiteten ihr offensichtlich Spaß.

Zu Omas sportlicher Betätigung gehörte auch das Langlaufen. Die wenigen Male, die sie hierfür mit ihrem Gatten in die Berge gefahren war, hatte sie immer das Anderthalbfache von seiner Leistung erbracht. Weshalb? Denn er lief ihr zu langsam, somit preschte sie voraus und kehrte ab einem bestimmten Punkt zu ihm zurück. Und das Spielchen wiederholte sich unzählige Male. Beide waren zufrieden mit dem Erbrachten. Da sie am Stadtrand wohnten, also nur wenige hundert Meter vom Wald entfernt, nutzte Elly nach Möglichkeit jeden Schneefall sofort aus und schnallte noch vor der Garage die Schier an. Sie musste nur einmal eine wenig befahrene Straße, je nach Verkehrs- und Schneelage mit oder ohne Schier, überqueren und ab ging es unter die Bäume! Bekannte fragten sie, ob sie es nicht langweilig empfinde, mehrmals die gleiche Strecke zurückzulegen, worauf sie antwortete: *„Ich muss kleinlaut zugeben, dass ich mich manchmal verirre! Mit dem Schnee sieht plötzlich alles anders aus. Die Strecken, die ich öfters im Sommer auf dem Rad befahre, erkenne ich im Winter nicht wieder! Der Wald ist wie ausgetauscht,* *verzaubert. Ich muss meine Gehirnzellen sehr anstrengen, um mich zurechtzufinden, auch wenn es euch nicht glaubhaft erscheint!"* Das zweite Problem verheimlichte sie auch nicht: Die Hunde. Denn der Wald war deren Spielwiese. Und Elly? Sie hatte Angst vor diesen Tieren, ob klein oder groß, kläffend oder treu schauend. Sie wusste nicht genau, woher diese Angst stammte. Sie konnte sich vage an einen Motorradunfall im Kindesalter erinnern, weswegen sie zeitlebens diese Art von Zweirädern mied. Aber die Attacke eines Hundes? Wenn sich ein Vierbeiner für sie interessierte, blieb sie normalerweise ruhig stehen, schaute auf den Boden, nie dem Hund in die Augen und bat den Besitzer, den Hund anzuleinen. *"Aber er tut Ihnen doch nichts!"*, war die stereotype Antwort, die Elly zu hören bekam. *"Mag sein. Aber ich habe Angst vor ihm, und er spürt sie, er riecht sie und kommt auf mich zu. Also bitte, nehmen Sie ihn an die Leine!"* Die Hundebesitzer belächelten Ellys Reaktion. Sie lief aber erst weiter, wenn sie sich in Sicherheit fühlte. Aus diesem Grunde wurden ihre Waldausflüge manchmal zur Tortur. Wenn ein Hund sie anbellte und sie wieder um das Anleinen bat, hörte sie den Kommentar: *"Er hat ja noch nie Schier gesehen. Er denkt wohl, er wird angegriffen!" "Genauso wie ich!"*, dachte sich Elly. Der schlimmste Fall war ein großer Köter, der bellend zwischen ihr und seinem Besitzer hin und her lief. Sein Herrchen rief ihn, dann flitzte das Tier zu ihm, aber kaum bei ihm angekommen, drehte es sich um und eilte zur versteinerten Elly. So ging es eine Weile, bis endlich das Herrchen Herr über seinen Untertan wurde. Erlöst sagte Elly: *"Bitte, nun nehmen Sie die Abzweigung links und ich nehme die rechts!"* Mit klopfendem Herzen zog Elly davon.

Eines Tages beschloss sie zum Langlaufen auf die andere Waldseite überzuwechseln. Diese war abgetrennt und eingezäunt, denn in ihr weilten Wildschweine. Keine Hundehalter verirrten sich in diesen Teil. Also war Elly hier endlich außer Gefahr vor ihren Feinden. *„Auf die Idee hätte ich schon früher kommen sollen! Warum mich plagen mit den Angriffen der ungezogenen Vierbeiner!"* Der Nachteil auf dieser Waldseite war die Einsamkeit. Spaziergänger hielten sich hier selten zu früher Stunde auf. Das taten nur die Hundehalter, die ihre Lieblinge ausführen mussten, es hier aber nicht durften. Die Gedanken überschlugen sich in Ellys Gehirn: *„Und wenn jemand mich nun überfällt? So ganz alleine wie ich hier umherirre?"* Und schon hörte sie ein Geräusch hinter sich! *„Oh weh! Ein Glück, dass ich die Stöcke zur Selbstverteidigung zur Verfügung habe!"* Langsam drehte sie den Kopf um. Oh Schreck! Es war kein Vergewaltiger, nein, nur ein junges Wildschwein, das beharrlich im Schnee nach Futter scharrte! *„Wenn es am Verhungern ist und sich denkt, ich besäße etwas Essbares, wenn es mich angreift und womöglich die ganze Herde ihm folgt, was soll ich machen?"* Und sie verwarf sofort den Gedanken, die Schistöcke zur Verteidigung heranzuziehen, *„denn ein verwundetes Tier wird womöglich noch wilder und gefährlicher!"* Ganz im Gegenteil: Geduckt, unterwürfig drehte Elly um, entfernte sich langsam, ohne nach dem Schwein hinüberzuschauen. Dieses Mal hatte sie wirklich Angst, nicht vergleichbar mit jener vor den begleiteten, gezähmten Hunden. Diese Waldseite würde sie so schnell nicht wieder betreten, auf keinen Fall alleine. Also doch lieber die altbekannte, durch den Schnee immer wieder unkenntlich gemachte Waldseite, die nur so von Hunden wimmelte!

Auch das Schwimmen gehörte zu Ellys Passionen. Im Winter ging sie ins Schwimmbad, na ja, nicht unbedingt zur körperlichen Ertüchtigung, sondern eher als Wellnesskur. Die meiste Zeit verbrachte sie statt im Schwimmbecken im auf 38° erwärmten im Freien befindlichen Solebecken, in dem sich verschiedenartige Wasserstrahler befanden, die einen auf Nackenhöhe, die anderen im Schulterbereich, weitere auf Hüft-

oder Beinhöhe. Nicht zu vergessen die Whirlpools, davon gab es zwei unterschiedliche und anderes mehr. Dort ließ sie sich durch die Wasserkraft durchmassieren, ohne zwischendurch die Dampfsauna zu verachten. Das Schwimmen war dabei Nebensache; dem widmete sie nur 20 Minuten der anderthalb Stunden Aufenthalt in ihrem sogenannten *Spa*. Ihr Ziel war es zwar, ca. zweimal im Monat sich diese Wohltat zu gönnen, normal schaffte sie es nur einmal alle vier Wochen dorthin. Im Sommer stand ihr der See zur Verfügung mit Liegewiese und herrlichem Blick auf die entfernten Alpen, mal im Dunst verschwunden, mal deutlich konturiert. Die frei herumlaufenden Gänse hinterließen leider ihre Spuren auf dem Gras; damit mussten sich die Badegäste aber abfinden. Sie gehörten in dieses Naturbild hinein. Was Elly nervte war, dass sie nie genau wusste, wie warm bzw. kalt das Wasser war. Sie erkundigte sich zwar im Internet danach, aber wo wurde die Temperatur eigentlich gemessen? An der tiefsten Stelle, zu der sie nie schwimmen würde? Dieser See war nämlich bis an die 120 m tief! Oder wurde in relativer Nähe zum Ufer gemessen? Eines Tages entschloss sie sich, selber einzugreifen, indem sie ein Babybadewannenthermometer erwarb. Endlich! Sie hätte ja früher auf diese Idee kommen können! Sie band eine Schnur um den Kopf des Fischchens und das andere Ende an ihren Badeanzugträger. So ging sie nun mit dem baumelnden Pisces ins Wasser. Aber halt! An den Füssen zog sie ihre Flossen an, damit sich der Sport auch lohnte und auf dem Kopf zierte sie eine wuchtige hellblaue Bademütze, eine die man wohlbemerkt zum Duschen trägt. Ob sie auffiel? Jawohl! Sodass ihre zwei Schwestern geäußert hatten: *„In der Aufmachung gehen wir mit dir nicht ins Wasser! Du siehst unmöglich aus! So kennen wir dich nicht!"* Das störte Elly wenig, denn es ergaben sich nur selten Gelegenheiten, an denen sie hätten gemeinsam an den See fahren können. Auch eine Seegenossin sprach Elly einmal an: *„Ach, ich* *dachte, da schwämme eine Boje!"*, gemeint war Ellys Kopfbedeckung! Aber Elly ließ sich durch solch banale Bemerkungen nicht aus der Fassung bringen. Sie genoss ganz relaxed ihre halbstündige Schwimmexpedition in Begleitung des sich an ihrer Seite schlängelnden Fisches. Aber vor allem wenn das Wasser kühler war, durchschossen Elly öfters Krämpfe an den Waden. Die trieben sie zur Vernunft, d. h. sie schwamm nur noch parallel zur Küste. Eine neue Begleiterin gesellte sich ihr: Die Angst! Denn nicht immer befand sich ein Boot, ein Stand-up-Paddler oder ein Schwimmer in Reichweite auf der weitläufigen Wasseroberfläche. Im Gespräch mit einer Freundin ergab sich eine Lösung: Eine Nudel! Eine Schwimmnudel. Eine dieser langen, wulstigen Schaumstoffschwimmhilfen. Elly erwarb sie, band nach Anweisung der Freundin eine Schnur an die Nudel und befestigte sie dann neben ihrem Fisch an den Badeanzugträger. Nun baumelte auch noch diese unförmige, langgestreckte Wurst an ihrer Seite. Aber dieser neue Wegbegleiter über das Wasser gab ihr Sicherheit. Sollten sie nur kommen, die Krämpfe! Jetzt bot ihr die Nudel Halt und die Leute, ja, die sollten den Kopf schütteln, so viel sie wollten! *„Hauptsache ich ertrinke nicht!"*, dachte Elly für sich. *„Sollen sie mal wieder munkeln, mir macht es nichts aus. Ich stehe darüber! Das soll mir ein Mr. Beans mal nachmachen! Solch eine Aufmachung! Und alles zweckmäßig! Aber meinen Schwestern, denen erzähle ich lieber nichts von meiner Neueinführung! Die hätten nun vielleicht doch noch einen wahren Grund zum Entsetzt-Sein!"*

Kochen war nicht so Ellys Ding. Über das Alltägliche reichten ihre Künste nicht hinaus. Es interessierte sie recht wenig. Doch manchmal gab sie sich Mühe. Als eine Freundin, die einen Kochkurs belegt hatte, einige Tage krank wurde und Elly die Teilnahme am Abendkurs anbot, meinte Elly: *„Warum denn nicht?"* und machte sich brav auf den Weg zur Volkshochschule.

Es stand den Teilnehmern frei, sich an der Vorbereitung der Vorspeise, des Hauptgerichts oder der Nachspeise zu beteiligen. Elly entschied sich für das Hauptgericht, obwohl sie das Süße eher anzog. Sie zwang sich zum Unliebsamen, denn dieses galt es zu erlernen. Als sie nun mit verweinten Augen die Zwiebelchen fein schnitt, überkam sie der Gedanke: *„Was tue ich eigentlich hier? Am Abend und dann noch diese ungeliebte Arbeit? Bin ich jetzt Masochistin geworden?"* Logische Konsequenz wäre gewesen, an keinem Kochkurs mehr teilzunehmen. Da war aber diese private Gruppe, die sich bei ihrer Freundin Barbara traf. Und Barbara erzählte ihr von dem demnächst auszuprobierenden Gericht mit Gorgonzola und geraspelten Birnen. Den Geschmack davon konnte Elly schon in ihrem Gaumen spüren. Also am Mittwochvormittag nichts wie hin. Sie wirkte bei dieser auf Blätterteig ausgelegten Vorspeise mit und war danach arbeitslos, während die anderen Damen weitere Gerichte anfertigten. Elly wurde nervös. Untätig bleiben war nicht ihr Ding. Man unterhielt sich über belanglose Themen, meist über Essen. Als sie sich endlich an den Tisch setzten, war Elly erschöpft. Nur die Vorspeise hatte sich gelohnt und sie sollte sie noch öfters zuhause ihren Gästen vorservieren, aber Kochkurse waren endgültig aus ihrem Programm gestrichen! *„Das Bergwandern mit 1000 Höhenmetern ermüdet mich nicht so sehr wie dieses tatenlose Herumstehen in der Küche!",* gab sie zur Erklärung ab.

Sportlich sein, heißt natürlich nicht unbedingt auch stark sein. Leider. Als Elly eine Waschmaschine gekauft hatte, die Angestellten des Geschäfts sie auf die Ladefläche ihres großen Autos gehoben hatten, benötigte sie zuhause Hilfe beim Ausladen. Da war auch schnell ihr Faktotum Andreas zur Stelle. Er bat Elly und ihre Tochter Louise, ihm beim Tragen zu helfen. Es stellte sich heraus, dass beide Frauen nicht dazu imstande waren. Ihre Kräfte reichten auch gemeinsam einfach nicht aus! Und Andreas? Er schleppte schließlich das klobige Gerät alleine! Sechs Stufen hoch! Eine Schlappe für die zwei Damen.

Nicht besser erging es Elly, als ihr behinderter Ehemann eines Nachts auf dem Boden landete. Er bewegte sich mithilfe eines Stockes in sein Schlafzimmer, überwand aber nicht die kleine Stufe, die er normalerweise gut bezwang. Elly beruhigte ihn und schleifte ihn bis zum Bett, da sie hoffte, er würde dort, auf dem Gestell gestützt, beim Hochheben mithelfen können. Dem war nicht so. Ein anderes Mal hatte es geklappt. Ihr war beigebracht worden, dass man, bevor man den Betroffenen hochhob, seine Füße aufstellen musste, damit er auf diesen zu stehen kam. War er in der Zwischenzeit schwächer geworden? Sie musste Hilfe anfordern. Um fast Mitternacht! Sie wagte es, bei der unmittelbaren Nachbarin, zu der sie ein gutes Verhältnis pflegte, zu läuten und gleichzeitig anzuklopfen. Durch den Spion hatte Silvia sie wohl gesehen und öffnete unverzüglich die Tür. Elly erklärte das Vorgefallene und fragte nach Tim. Er schlief bereits, da er um 5 Uhr morgens in die Arbeit musste. Tim kam dennoch und mit einem kurzen Handgriff hievte er Robert auf das Bett. Er erkundigte sich, ob er noch nützlich sein könnte, was Elly dankend ablehnte. Schlaftrunken ging Tim und ließ eine über ihre mangelhaften Kräfte frustrierten Elly zurück. Zugleich war sie erleichtert, dass Robert mit dem Schrecken davon gekommen war.

Oma, der Vamp

In der nahe gelegenen Stadtbibliothek wurden fast allmonatlich Filme vorgeführt. Eine bequeme Einrichtung. Elly freute sich auf die Wiedergabe auf der großen Leinwand, eindeutig besser als der Fernsehbildschirm zuhause, allerdings nicht so beeindruckend wie im richtigen Kino. Wie so oft auf den letzten Drücker angekommen, ergatterte sie einen Platz in der letzten Reihe, neben ihr nahm ein älterer Herr Platz. Sie wechselten kurz banale Einführungssätze über die bevorstehende Filmübertragung, dann wurde es still im Saal. Der Film entsprach vollkommen der Vorstellung, die sich Elly von ihm gemacht hatte. Sie genoss ihn vollauf. Auf einmal wurde sie aber stutzig. Spürte sie tatsächlich eine nicht unangenehme Wärme an ihrem linken Schenkel? Woher konnte die wohl stammen? An und für sich wollte sie die Augen nicht vom Film abwenden, aber sie musste nun doch Gewissheit erlangen. Und wahrlich! Da hatte ihr anfänglich netter Nachbar seine Hand an ihr Bein geheftet. Unsanft entfernte sie diese, warf einen erbosten Blick auf den Täter und nahm an, dass damit der Annäherungsversuch ad acta gelegt wäre. Es dauerte nicht lange und ein Wärmegefühl verbreitete sich nochmals an der gleichen Stelle. Elly wollte ihren Sinnen keinen Glauben schenken, sah sich nach einigen Minuten dennoch gezwungen, nochmals ihre Aufmerksamkeit nicht dem Film, sondern ihrem Bein zu widmen. Und siehe da! Ihr Nachbar entpuppte sich als Wiederholungstäter! Da befand sich wieder das Corpus Delicti an ihrem Schenkel. Diesmal wurde sie grob! Sie ergriff die Hand und legte sie dem Nachbarn auf seinen Schoß. Es müsste ihm nun endgültig klar sein, dass Elly, immerhin vierfache Oma!, nicht an Kinobekanntschaft interessiert war. Zur Betonung ihrer Absage legte sie die mitgeführte Tasche, in die sie Handschuhe, Schal, Mütze und die berühmt-berüchtigte Schibrille verstaut hatte, an besagten Schenkel, eine unüberwindbare chinesische Mauer zum Nachbarn, zumindest symbolisch. So dachte die naive Elly. Aber weit gefehlt! Der Krieger gab sich nicht geschlagen. Er griff nochmals an, führte die Hand geschickt hinter der Tasche durch und wärmte sich und/oder Elly zum wiederholten Male. Nach dieser Feststellung war Elly zum Äußersten bereit. Wutentbrannt und durchaus nicht geräuschlos rückte sie ihren Stuhl nach hinten, zwar nur etwa 30 cm weit!, denn da stieß sie schon an die Wand. Dieses eine Mal verstand ihr Verehrer! Er merkte wohl, dass Elly bereit war, laut durch den Saal zu schreien, den Skandal nicht scheute. Er war sich endlich seines Fehlers bewusst und wollte der Blamage vor dem Filmpublikum entgehen. Er stand auf, sammelte Mantel und Hut ein, bot vor dem Gehen Elly noch einen Zettel, einen Flyer an. Sie wehrte ab! Wollte absolut gar nichts mit diesem unflätigen Mann zu tun haben! Er legte ihr dennoch das Papier auf den Schoß und verließ den Saal. Elly atmete auf. Ehrlich gesagt, hatte sie bis zu diesem Augenblick die Handlung des Films nicht so recht verfolgen können. Es dauerte noch eine ganze Weile, bis sie dazu imstande war, obwohl den ganzen Film über ein Rest Mulmigkeit bei ihr zurück blieb. Und der Zettel? Er war auf den Boden gefallen. Sollte sie ihn liegen lassen? Die weibliche Neugier gewann die Oberhand. Sie las ihn auf. Er enthielt die Ankündigung eines Konzertes in einer benachbarten Kirche, womit der Grabscher wohl beweisen wollte, dass er allem Anschein zum Trotz zum Bildungsbürgertum zählte. Hingehen würde sie selbstverständlich nicht. Als sie nach Filmende die Bibliothek verließ, fürchtete sie im ersten Augenblick die Anwesenheit ihres Verehrers. Aber nein, er war nirgendwo zu erblicken. Elly wurde nachdenklich. Es handelte sich bestimmt um einen vereinsamten Witwer, der nicht die Kunst besaß, sich neue Freundschaften zu verschaffen. Er tat ihr leid und sie verzieh ihm innerlich. Und dennoch. Hatte er nicht die Nachrichten der vergangenen Wochen verfolgt? Unaufhörlich tauchten die Anschuldigungen von Frauen auf bezüglich Vergewaltigungen oder Belästigungen vonseiten ihrer engsten Kollegen. Oder hatten ihn diese Aufdeckungen als Hinweis für seine Vorgehensweise gedient? Ihn gar angestachelt? War er ein einfältiger Nachahmer? Noch mehr Grund, um ihn zu bemitleiden!

Eines Tages fand Elly in ihrem Briefkasten die unerfreuliche Nachricht, dass ein Paket zur Abholung in der 700 m entfernt gelegenen Postfiliale bereit liege. War denn keiner ihrer 15 Nachbarn im Gebäude zugegen gewesen, um das bestimmt etwas wuchtige Paket in Empfang zu nehmen? Sie hielt in ihrer Wohnung immer einen „Parkplatz" für die für ihre Nachbarn bestimmten Ankömmlinge frei. Sie hatten ihren Platz. Im Erdgeschoss wohnend, war sie sich ihrer Aufgabe bewusst. Jammern half nichts. Elly machte sich am Samstagmorgen, erst nach dem Fund des Paketzettels, um 11 Uhr 30 auf den Weg zur angegebenen Post. Wie immer auf dem Fahrrad, aber wohlweislich ohne Korb, damit sie das Paket auf dem Gepäckträger einklemmen konnte. Sie stellte sich in die lange Schlange, die ziemlich flott voran ging. Man überreichte ihr das Monstrum! Mit weit geöffneten Armen und mit über die Oberkante des Pakets gestrecktem Kopf bahnte sie sich vorsichtig den Weg hinaus zum braven Rad. Unmöglich alleine das Frachtgut auf den Gepäckträger zu hieven. Eine vorbei kommende Dame hielt ihr willig die Klappe auf. Es nutzte nichts. Das Paket war zu riesig, die Klappe hielt nicht. Elly würde das zur Ruhe verdammte Auto aus der Garage herbeiholen müssen. Aber es pressierte, denn die Post machte um 12 Uhr zu. Sie musste das Paket woanders deponieren, während sie nach Hause radelte, den Autoschlüssel suchte, in die Garage eilte und herbeifuhr. Erst mal ließ sie das Paket beim Fahrrad stehen – das würde schon keiner mitnehmen! Dann begab sie sich in die Apotheke, die zivile Öffnungszeiten hatte, gutbürgerlich bis 13 Uhr. Ja, sie dürfe das Paket dort abstellen, während sie auf Autosuche verschwand. Guten Mutes kehrte Elly zu Rad und Paket zurück. In dem Moment parkte ein Radler nehmen ihr und schaute fragend Paket, Fahrrad und Elly an. Er kombinierte schnell und bot seine Hilfe an. *„Ich habe des Öfteren solche Ungetüme auf meinem Rad transportiert. Wohin müssen Sie denn?"* Elly nannte die Straße. *„Ach, ich muss nur 50 m weiter. Also warten Sie ruhig. Ich gebe dieses Päckchen schnell in der Post ab und danach stehe ich Ihnen gerne zur Verfügung."* Elly wähnte sich im siebten Himmel.

Kurz darauf erschien ihr Retter wieder. Er schwang sich auf sein Rad und bat Elly, ihm dabei zu helfen, ihr Paket auf die niedrige Mittelstange seines Rades zu hieven. Das gelang und beide fuhren los, Elly mit gemischten Gefühlen, denn sie wähnte den Koloss jeden Augenblick auf dem Boden. Aber nichts dergleichen geschah. Ihr Gefährte balancierte geschickt mit Gegenbewegungen aus, wenn das schwere Ungeheuer wegzuspringen drohte. Langsam glitten sie auf den leeren Straßen nebeneinander dahin und hatten sogar Zeit, sich zu unterhalten. Er stellte sich als angenehmer, ruhiger Witwer heraus. Kurz vor der Ankunft zuhause überraschte er Elly mit einer Einladung zum Abendessen in die in der Nachbarschaft gelegene gutbürgerliche Gaststätte. Sie war gerührt, lehnte mit den höflichsten Ausdrücken ihres Wortschatzes ab, um ihn ja nicht zu kränken. Es tat ihr maßlos leid, ihm, der sich als echter Kavalier und guter Samariter verhalten hatte, einen Korb zu erteilen. *„Ein anderes Mal sehr gerne!"*, fügte sie noch einfühlsam hinzu, ohne ihm dennoch ihre Telefonnummer auszuhändigen. Eine weitere einsame Person, die sich auf subtile, aber erzogene Weise den Kontakt zu einem Mitmenschen bahnen wollte.

Mit ihrer Freundin Anna machte Elly eine Woche Badeurlaub. Gleich am ersten Tag liefen sie an den fast leeren Strand. Der dort allein sitzende etwa fünfzigjährige Mann, der im Anblick des Auf und Ab der Wellen versunken zu sein schien, wachte durch die Erscheinung der zwei Siebzigjährigen offensichtlich aus seinen philosophischen Betrachtungen auf. Sein Gesicht trug den Ausdruck der Verblüffung. Was Elly nicht verstand. Noch weniger als sie bemerkte, dass er den beiden beim Spazierengehen nachschaute. Als die Nixen nach einer guten halben Stunde zurückkamen, saß ihr Bewunderer immer noch an der gleichen Stelle. Diesmal mit erhelltem Gesicht. Freudestrahlend. Als kämen ihm zwei altbekannte, eng ans Herz gewachsene Freundinnen entgegen, die er sofort umarmen würde. Sie gingen ins Wasser. Seine Blicke weiterhin auf sie gerichtet. Wie gebannt! Sie stiegen aus dem Meer, nahmen ihre Siebensachen und kehrten zum Hotel zurück. Elly konnte sich nicht halten: Sie drehte den Kopf leicht um. Tatsächlich! Wie sie es erwartet hatte, betrachtete sie ihr Bewunderer. Aber nicht aus der sitzenden Haltung heraus, nein, er war aufgestanden, stand aufrecht in der Ödnis und weihte sich am Anblick der beiden Schönheiten. *„Demnach habe ich mich nicht getäuscht! Er hat uns die ganze Zeit in einer Art Verzückung nachgeschaut. Aber was kann er an uns alten Frauen finden? Beeindruckt ihn etwa das innige freundschaftliche Verhältnis zwischen zwei Frauen? Dieses Vertieftsein in Gesprächen? Dieses Verschmelzen zweier Weiber in ihren Wortschwall? Oder fühlt er sich von einer von uns besonders angezogen? Ich nehme an, eher von mir, denn Anna ist sich nicht einmal seiner Blicke bewusst worden. Komischer Kauz!"* Elly erwähnte Anna nichts. Aber die geheimnisvolle Figur ihres Bewunderers, den sie nicht einmal genau hätte beschreiben können, ließ ihr keine Ruhe. Am Nachmittag und auch an den folgenden Tagen hielt sie Ausschau nach ihm. Aber er erschien nicht mehr, war wohl abgereist. Elly empfand die Begegnung wie jene in einem Roman. Eine flüchtige Bekanntschaft, die ein Fragezeichen hinterläßt, die eine warme Empfindung hervorruft, um sich nachfolgend im Nichts aufzulösen. Verpufft! Ein Ereignis ohne weitere Folgen.

Er war ihr bereits als ausgezeichneter Bridgespieler aufgefallen. Bei einer zweiwöchigen Bridgereise auf Zypern. Da sein Partner nach der ersten Woche abfuhr und Ellys Partnerin ebenfalls, so wurden beide von der Leitung zusammengeführt. Der erste Turnierabend erwies sich als vielversprechend für die kommenden Tage und Elly bot Herrn Linsing beim Abschied an, weiterhin gemeinsam zu spielen. Antwort erhielt sie nicht. *„Ist er nicht zufrieden mit mir?"*, dachte sich die enttäuschte und verwirrte Elly. Dann wurden die Ergebnisse verkündet. *„Genau wie ich es erahnte. Erste!"*, sagte sich Elly und verließ den Saal. Am nächsten Morgen beobachtete sie die Damen der von 100 Personen auf insgesamt 40 geschrumpfte Gruppe. Die meisten verwitwet oder geschieden. Alter: 60 aufwärts. Und wie verhielten sie sich in Bezug auf den einzigen alleinstehenden Herrn, ihren Herrn Linsing? Elly konnte ihren Augen nicht trauen! Wie die Hyänen stürzten sie sich auf ihn! Die eine wandte sich freudestrahlend ihm zu und klopfte ihm kameradschaftlich auf die Brust, als kenne sie ihn schon eine Ewigkeit! Dabei war sie bestimmt chancenlos mit ihrem Doppelkinn, allgemein mit ihrer etwas aus den Fugen geratenen Figur. Die andere verhielt sich subtiler. Sie umwickelte ihn, sie band ihn in intime Gespräche ein, flüsterte ihm ins Ohr. Sie war deutlich attraktiver mit ihrem gepflegten langen, schwarzen Haar, sodass andere Frauen ihn nur aus der Ferne beäugten und ihre Hoffnungen ohne Kampf aufgaben. Elly fragte sich, was die Damenwelt an diesem schlanken, wortkargen, eiskalten, zurückhaltenden Mann finden konnte. Denn er versinnbildlichte für sie einen Eisberg, unnahbar, unfähig jeglichen Gefühls, zu sehr mit sich selber, seiner Unsicherheit beschäftigt. Als einzige Erklärung galt die Einsamkeit der Damen und deren Bereitschaft ihre letzten guten Jahre in Begleitung zu verbringen, auch wenn die Qualität dieser Zweisamkeit zu wünschen übrig lassen könnte. Sie ließen sich durch die greifbare Chance des direkten Zugriffs auf einen Ledigen in Versuchung führen. Wie viele Enttäuschungen hatten sie wohl schon bei Vermittlungen durch das Internet erlebt? Elly gesellte sich zu diesen hysterisch gewordenen Damen nicht! Ganz im Gegenteil: Sie hielt sich äußerst diskret auf Distanz! Sie wollte nicht zu den „anderen" gezählt werden. Wenn sie sich mühsam mit Herrn Linsing in den Pausen zwischen den Spielen unterhielt, griff sie nur ganz neutrale Themen an, keine persönlichen, damit er ja nicht denke, sie interessiere sich für ihn. Mit einem Schaudern und einer Lehre über die Verzweiflung mancher Damen kehrte sie aus ihrem Urlaub zurück.

Dann war da noch Klaus. Entsprungen aus einem unauffälligen Zettelchen an der Pinnwand im Supermarkt. Ein Alleskönner. Angeboten hatte er sich für Gartenarbeiten. Elly brauchte gerade jemanden, der ihre Thujenhecke kürzen könnte. Klaus sagte zu. Für moderate 10,- Euro pro Stunde. Er arbeitete flink, akkurat, zufriedenstellend. Elly bohrte nach, ob er vielleicht die Wohnungstürklingel austauschen würde. „Na klar!", und schon war dieses Thema auch erledigt. „Und Sanitärarbeiten? Da tropft es nämlich schon seit Wochen aus dem Abflussrohr des Waschbeckens im Bad. Mein Freund, Peter, hat sich schon daran gemacht und mich zig verschiedene Elemente besorgen lassen. Nie hatte ich das richtige ergattert. Ich bin verzweifelt!" „Nur her mit diesem Röhrchen! Ich radele schnell nachhause und hole meine kleine Säge, um die Länge anzupassen. Kein Problem!" Und so war es. Klaus kehrte zwar nicht nach der versprochenen halben Stunde zurück, sondern ganze zwei Stunden später, aber 15 Minuten danach war das neue Rohr angepasst. „Und ich habe mich wochenlang mit dem Kauf von verschiedenen unnützen *Gegenständen geplagt! Dieser Peter! Sehr willig, aber nur Stress hat er mir bereitet! Bravo, Klaus!" „Das sind halt die Akademiker, die alles so perfekt gemacht haben wollen, dass die Arbeiten letztendlich auf der Strecke bleiben!",* dachte Elly für sich. Und auch für den Ikea-Schrank, dessen Tür nicht mehr schloss, fand Klaus die richtige Lösung. Peter hatte gemeint, ein Stückchen Karton würde sie zuhalten. Aber nein, sie öffnete sich sofort wieder. Und Klaus? Er holte aus seiner Schatztruhe von seiner Wohnung genau das Teilchen, das kaputt gegangen war. Und die Tür hielt zu. Wie neu! Elly, außer sich vor Freude, diesen Tausendsassa gefunden zu haben. Dann kam die Enttäuschung. Sie rief an, aber kein Klaus antwortete. Sie hatte sich vorsichtshalber seine Adresse geben lassen. In ihrer Nähe. Sie radelte dorthin. Keine Namensschilder. Also fragte sie eine Hausbewohnerin nach Klaus F. *„Ach der! Der wohnt da nebenan!"* Dass sie nicht gut auf Klaus zu sprechen war, wurde offensichtlich. Kein Wunder! Elly hatte nämlich herausgefunden, dass er Hartz-IV-Empfänger war. An und für sich Schreiner von Beruf. Abgerutscht, jahrelang obdachlos gewesen. Dennoch in Ellys Augen ein begabter Mensch, begabt in allem, was sie selber nicht beherrschte: die ständig benötigten Reparaturen im Haushalt. Für sie Goldes wert! Sie klingelte bei Klaus. Gerade aufgestanden. Dennoch bat er sie höflich herein und entschuldigte sich für die Unordnung. Ein Ein-Zimmer-Appartment. Düster. Das Licht brannte. Die Gardinen zugezogen. Vor welchen Blicken wollte er sich abschirmen? Sein Chaos geheim halten? Auf die Frage, warum er die Telefonate nicht beantworte, kam die Erklärung: *„Ach ja, ich habe mein Handy verloren, oder man hat es mir geklaut." „Dann besorge ich Ihnen eins! Ein Freund hat gerade erwähnt, er besäße ein altes, das er gerne hergibt." „Herzlichen Dank, aber meine Oma schenkt mir eh ein neues mit allen Funktionen."* Klaus gab sich mit einem einfachen Handy nicht zufrieden. Es musste schon etwas darstellen. Prätentionen, auch wenn man sonst nichts besitzt! *„Wenn die Kinder schon darauf bestehen, diese modernen komplizierten Geräte zu besitzen, dann ist es bei einem Erwachsenen umso verständlicher. Obwohl ich persönlich mich mit einem simplen, veralteten Modell begnüge...“*, überlegte die einfühlsame Elly. In einer Stunde würde er vorbeikommen und Elly beim Ausräumen ihres Kellers behilflich sein. Wieder geriet sie ins Staunen! Wieso konnte jemand, der bei sich zuhause in wirrer Unordnung hauste, so genau durchdacht Möbelstücke, volle Kartons und sonstiges stellen, stapeln, sodass der Kellerraum geräumiger erschien als vorher? Ein Rätsel für Elly, deren Bewunderung für die Vielfalt von Klaus' Fertigkeiten weiterhin zunahm. Zwei Tage später erhielt sie einen Anruf, bei dem sie sich wie gewohnt nur mit einem kargen *„Hallo“* meldete. Der Anrufer: *„Hi, Christine. Ich wollte...“* Und da unterbrach ihn Elly: *„Sie haben sich verwählt. Ich bin nicht Christine.“* *„Oh, Entschuldigung...“* Und wieder Elly: *„Sind Sie nicht Klaus?“* Ja, tatsächlich! Es war Klaus: *„Oh, ich hatte meine Freundin anrufen wollen...“* Und wieder Elly: *„Na ja, ich bin ja auch Ihre Freundin, oder?“* *„Aber selbstverständlich“*, antwortete der in die Enge getriebene Klaus. Einige Tage danach kam er vorbei. Einfach so. Brachte ihr selbst gepflückte Zwetschgen und Äpfel von einer Streuobstwiese. Und dann? Bat er sie um die Leihgabe von sage und schreibe 10,- Euro! *„Kein Problem“*, meinte Elly, die genau wusste, dass sie dieses Geld nie wieder sehen würde. Das war ihr egal. Und bekam eine Belohnung: Ihr „Freund“ umarmte sie und gab ihr einen Kuss auf die Wange! Also gute Freunde! Zwei Wochen später kaufte sie sich eine Schlafcouch über eBay. Für den Transport rechnete sie ernsthaft mit Klaus' Hilfe. Aber am abgemachten Tag erhielt sie nur einen Anruf von einem kleinlauten, reuigen Klaus: *„Es tut mir leid! Ich bin zu meiner Oma* *nach Lübeck gezogen!" „Man hat ihn aus der Wohnung geworfen"*, ging es Elly durch den Kopf. Klaus hatte immer wieder Andeutungen gemacht, dass er wegziehen würde, dass er es nicht mehr aushalte in dieser ungemütlichen Wohnung, die ihm wohlgemerkt das Sozialamt zahlte! Er war depressiv. Elly ihn ständig zu Demut ermahnt. *„Der Staat tut doch rein gar nichts für uns! Er nimmt nur!"* So hallte seine ewige Litanei zurück. Das konnte Elly nicht nachvollziehen. Verdrehte Rollen! Aber diese Einstellung des ungerechten Wucherstaates saß so fest und tief in Klaus, da war nicht daran zu rütteln! Zu viele Jahre hatte er unter Seinesgleichen verbracht, vielleicht unter den Isarbrücken sein Nachtlager aufgeschlagen; auf jeden Fall war er inzwischen für die Gesellschaft verloren, unfähig einer geregelten Tätigkeit nachzugehen. Kurz nachdem Elly seine Annonce im Supermarkt gelesen hatte, war diese bereits verschwunden. Klaus daraufhin angesprochen: *„Ich selber habe sie entfernt. Nicht, dass sich zu viele melden!"* Demnach arbeitsscheu. Ihre „Freundschaft" hatte im Ganzen über anderthalb Jahre angedauert. Elly trauerte ihr nach. Sie dachte immer wieder mal an den jungen Mann, dem wohl nur von professioneller Seite her geholfen werden konnte. Sie hatte es nicht geschafft, war dazu nicht geeignet, trotz ihrer Sympathie für ihn.

Nun galt es einen Ersatz zu finden, kräftige Arme für den Transport der Couch hinunter aus dem 2. Stock, über die Straße, in ihr Auto und von dort in ihre Wohnung. Sie telefonierte herum. Der eine war im Urlaub, der andere hatte keine Zeit, da entschloss sie sich, etwas zu wagen, das sie schon lange ausprobieren wollte. Nicht unbedingt legal. Seit über zwanzig Jahren befand sich ein paar Hundert Meter von ihrer Bleibe entfernt ein Asylbewerberheim. Sie ging dorthin. Und klopfte willkürlich an irgendeine Tür. Babygeschrei kam ihr entgegen! *„Oh je, da habe ich ein Kleines aufgeweckt!"*, sagte sich Elly beschämt. Schon öffnete ein Mann, dunkelhäutig, die Tür. Einen Spalt! Und schaute sie entgeistert an. *„Guten Tag, entschuldigen Sie, wenn ich das Kind geweckt habe. Ich bin auf der Suche von zwei Männern für einen Transport."* Hinter ihm erschien in der Dunkelheit des Zimmers eine Mammy mit ihrem Sohn auf dem Arm. Sie beratschlagten und ließen sich Ellys Gesuch noch einmal wiederholen. Ihre Deutschkenntnisse eindeutig mäßig. Gut, er würde sich gleich fertig machen und mitkommen. Elly schlenderte im Heim herum und las die Anweisungen auf einer Tafel durch. Jeden Mittwoch sollte die schmutzige Wäsche in Säcken bereit stehen, damit sie in die Wäscherei gebracht werden konnten. *„Wie bitte?"*, fragte sich Elly. *„Die bekommen alles gewaschen, wahrscheinlich auch noch fein gebügelt? Alles von unseren Steuergeldern? Und was sollen die Damen den ganzen Tag mit ihrer Zeit anfangen? Ach ja, mehr Kinder, mehr Anwärter für die Arbeitslosenherde fabrizieren!"* Elly war nicht gegen Ausländer eingestellt, sondern gegen die Behörden! Wie konnten diese solche Bestimmungen verfassen? Warum keine Waschmaschinen aufstellen? Eine Entmündigung der Immigranten. Eine Demütigung, denn man konnte den Eindruck gewinnen, die Deutschen betrachteten die Zuzügler als unfähig, für saubere Anziehsachen zu sorgen. Ali erschien. Alleine. Elly erhob zwei Finger: *„Ich habe gesagt, zwei Männer müssten helfen. Einer reicht nicht! Die Couch ist schwer!"* Ali verstand und verschwand in der Nachbarbaracke. Er kam mit Mohammed zurück, der sich im Gehen noch das Hemd über die Schultern zerrte. *„Noch einer, der um vier Uhr nachmittags faul im Bett liegt!"*, dachte Elly, die aus ihrem Staunen nicht herauskam. In ihrem großräumigen Auto fuhren alle drei zur Haushaltsauflösung. Sie trugen die zerlegte Schlafcouch zum Auto und luden sie ein. Die hintere Klappe schloss nicht. Während Elly ein wenig verzweifelt dreinschaute, trat eine Frau hinzu, die das Einladen beobachtet hatte: *„ Also,* *wenn die Polizei Sie erwischt, dass Sie mit offener Klappe fahren, dann bekommen Sie eine saftige Strafe!"* Diese Ermahnung machte sie ihren beiden Helfern verständlich. Die, nicht faul, huben alles wieder aus der Ladefläche heraus. Und Mohammed gab die Anweisungen. Siehe da: Nun schloss die Klappe! Elly, erfreut, dachte unwillkürlich an ihren verschollenen Klaus. Hier hatte sie wieder ein Exemplar, das zwar nichtsnutzig am hellen Nachmittag herum gammelte, aber dennoch Geschicklichkeit und vielleicht sogar Intelligenz demonstrierte. Versteckte Begabungen, die gekitzelt werden müssen, um zum Vorschein zu treten. Ali kehrte mit der U-Bahn zurück und die Couch stand eine halbe Stunde später wohlbehalten in Ellys Wohnung. Die Männer gingen glücklich ihres Weges und Elly sah mit Stolz auf ihren geglückten Coup zurück.

Oma mit zertanzten Schuhe

Um Silvester hatte Elly sich für eine Woche in ein Hotel im warmen Süden einquartiert. Im Gepäck hatte sie nur ein Paar Latschen für den Wellnessbereich, ein Paar feste Schuhe für das Spazierengehen und ein Paar feine Schuhe für die Abendessen und vor allem für die Silvesterparty. Mit Schrecken stellte sie am 30.12. fest, dass der Absatz an letzterem Paar abgefallen war. Sie hielt ihn in der Hand, drehte und wendete ihn, versuchte ihn anhand der noch vorhandenen feinen Nägel wieder an seinem Platz zu befestigen. Ungeschickt wie sie war, gelang es ihr nicht. Sie erzählte ihr Missgeschick einer Tischnachbarin beim Frühstück und war heilfroh zu hören, dass diese stets mit ihrem Notwerkzeugkasten verreiste: *„Der enthält unter anderem einen kleinen Hammer. Das kriege ich schon hin!"*, meinte die nette Dame zuversichtlich. Elly übergab der geschickten Mitbewohnerin die zwei Teile und sah sich schon am Silvesterabend im schicken langen schwarzen Rock die Nacht durchtanzen. Wenige Stunden später, als sie nach einem Spaziergang in ihr Zimmer zurückkehrte, war die Enttäuschung umso größer. Im Begleitschreiben zum Schuh stand die schlechte Nachricht, die sie auch so vor Augen hatte: *„Leider gelang es mir doch nicht! Vielleicht ginge es mit einem Sekundenkleber. Den habe ich nicht dabei."* Elly sah sich schon mit klebrigen Händen, klebrigem Tisch, aber nicht haftendem Absatz. Wie oft hatte sie schon den Versuch unternommen, mit Sekundenkleber etwas zu reparieren! Es dauerte erstens nie Sekunden und Stunden später pappten ihre Finger immer noch aneinander! Also hinunter zur Rezeption mit der Frage nach einem Schuster. *„Einen Schuster?"*, bekam sie als Antwort vom entsetzten Angestellten. Als verlange sie nichts weniger als den Mond oder nach einem kostbaren Diamanten! So etwas Banales wie ein Schuster war in der Ortschaft angeblich nicht vorhanden, nicht vonnöten, denn neue Schuhe erweisen sich fast als günstiger als eine Reparatur. Dann bequemte sich der junge Mann im Wunderding Internet nachzuschauen und siehe da, es tauchte doch einer auf. Leider antwortete er auf die Telefonate des Portiers nicht. Da das Geschäft sich nur 600 m vom Hotel entfernt befand, machte Elly sich auf den Weg dorthin. Diesen hätte sie sich sparen können. Es erwartete sie die zweite Enttäuschung dieses Tages: Der Laden war geschlossen, der Besitzer bis Mitte Januar im Urlaub. Nicht verwunderlich, dass keine Reaktion auf das Telefonklingeln erfolgt war. Elly hatte sich währenddessen bereits einen dritten Lösungsweg ausgedacht: Sie würde den Hoteltechniker, der ihr schon die Dusche instand gesetzt hatte, um Hilfe bitten. Und tatsächlich: Da unterhielt er sich gerade an der Rezeption und Elly übergab ihm ihr Schühchen: *„Ich benötige den Schuh unbedingt! Einen anderen habe ich nicht zum Tanzen!"* Der Techniker lächelte verständnisvoll. Eine alte Dame, die eine Nacht durchmachen möchte! Das sei ihr gegönnt! Diese Gedanken las Elly ihm zumindest von seinem verschmitzten Lächeln ab. Und einige Stunden später fand sie ihren Schuh vor der Zimmertür wieder – ja diesmal geheilt!

In der Nacht des 31., nach dem Galadiner, begab sich Elly mit ihren Bekanntschaften in den Tanzsaal. Die Musik war nach ihrem Geschmack und sie verließ die Tanzpiste nicht mehr. Einige Frauen, manchmal auch Paare, gesellten sich zu ihr, aber sie wies sie alle diskret ab. Sie wollte ihre Katharsis alleine auskosten, die anderen störten sie mit ihren starren Körpern, in ihrer Unfähigkeit, sich an die Musik zu schmiegen. Manchmal wähnte sie sich in Trance, so stark wirkten die Takte auf ihre Seele. Um 2 Uhr morgens war Schluss. Das reichte Elly auch. Sie verabschiedete sich von den anderen, nachdem man sich pflichtgemäß das Beste für das eintretende Jahr gewünscht hatte. In ihrem Zimmer angelangt, entkleidete sie sich rasch und schon lag sie im Bett. Aber Morpheus nahm sie nicht in seine Arme, denn ihre Füße schmerzten. Über vier Stunden lang waren sie ununterbrochen in den feinen Schuhen eingezwängt gewesen, nun rächten sie sich! *„Was soll denn das!"*, schienen sie zu sagen. *„Solch enge Schuhe! Beim Sitzen gehen die ja noch! Aber mal rechts, mal links, vorwärts, rückwärts, dann mal rundherum, nein danke! Das ist zu viel!"* Elly wälzte sich immerfort. Ihre Vernunft befahl ihr zwar aufzustehen und den kurzen Weg zur Dusche zurückzulegen, um sich dort mit dem Wasserstrahl die Füße zu massieren. Aber die Müdigkeit mischte sich ein und meinte: *„Ach, das vergeht schon. Ist gleich vorbei. Durch das Wasser wirst du noch wacher und kannst lange nicht mehr einschlafen."* Und so klangen die Stimmen wie Glocken hin und her, während die Schmerzen die Waden hinaufliefen. Endlich gewann der Schlaf dann doch die Oberhand.

Beim Hoteltechniker wollte sie sich noch bedanken, bekam ihn aber lange nicht zu sehen. Dann bemerkte sie ihn in der Nähe des Pools, rief nach ihm und musste ihm schließlich nachrennen, denn im Gespräch mit einem Kollegen vertieft hörte er sie nicht. Sie beglückwünschte ihn zur erfolgreichen Reparatur und überreichte ihm ein Trinkgeld. Er strahlte über das ganze Gesicht. Und Elly fragte sich: *„Ist es wegen des Trinkgelds oder weil er einer alten Dame ihren Traum ermöglicht hat, die ganze Nacht zu tanzen?"* Die Antwort blieb er ihr schuldig.

Oma, die wagemutige

Elly wohnte eine Zeit lang in Rio. Eines Tages war sie im Auto unterwegs, um eine Bekannte zu besuchen. In dem Stadtviertel kannte sie sich einigermaßen aus, einen Stadtplan hatte sie dennoch dabei, Navigationsgerät besaß sie nicht. Als sie sich sicherlich nicht weit von der Wohnung der Freundin befand, kamen ihr Zweifel, sodass sie kurz das Auto an den Straßenrand fuhr, um einen Blick in die Karte zu werfen. Plötzlich hörte sie eine Explosion! War das eine Bombe? Ein Attentat im unsicheren, von Kriminalität übersäten Rio? Sie erhob den Kopf, um die Ursache zu erfahren. In dem Augenblick verschwand ihre große schwarze Tasche, die friedlich auf dem Beifahrersitz gelegen hatte, durch das soeben zersplitterte Fenster. Blitzschnell kombinierte sie: *„Doch keine Bombe! Jemand hat mit einer Tüte voller Steine meine Scheibe zerbrochen, um die Tasche zu entwenden. Da befinden sich noch Blutflecken von der verletzten Hand an den Scherben. In meiner Tasche schleppe ich zwar keine Wertsachen mit mir herum, aber meine Dokumente sind es mir wert, dem Dieb hinterher zu eilen."* Elly sah die Figur eines Mannes, der davonlief, und zwar in die Richtung, aus der sie kam, sicherlich damit sie ihn nicht verfolgen konnte. Da aber in dem Moment kein Auto hinter ihr fuhr, legte Elly kurzerhand den Rückwärtsgang ein. An der ersten Ecke angekommen, sah sie den Mann schon in die Nebenstraße einbiegen. Da es sich um eine Einbahnstraße handelte, fuhr Elly weiterhin rückwärts. An der folgenden Ecke traf sie auf eine sehr befahrene Straße. Sie beschloss, das Auto einfach dort stehen zu lassen und dem Dieb zu Fuß zu folgen. Sie schrie auf Portugiesisch durch die Gegend: *„Man hat mir meine Tasche gestohlen! Man hat mir meine Tasche gestohlen!"* Und sie lief. Die Menschen auf dem Bürgersteig, durch ihre Schreie aufmerksam geworden, starrten sie voller Entsetzen an und wiesen ihr den Weg, den der Dieb eingeschlagen hatte. Durch das Laufen hatte er sich kenntlich gemacht! Wieder an einer Ecke angekommen, musste Elly eine Entscheidung treffen. Sie bog in die ruhige Nebengasse ein. Und sie hatte ins Schwarze getroffen, denn nur wenige Schritte weiter entdeckte sie eine weiße Tüte auf dem Boden liegen. Im Inneren schimmerte etwas Dunkles hindurch. *„Ob das wohl meine Tasche ist?"*, dachte sie voller Hoffnung. Und ja. Sie war's! *„Diese Diebe tragen wohl stets Plastiktüten bei sich, um ihr Diebesgut zu verstecken!"*, schoss es Elly durch den Kopf. *„Und das war bestimmt kein Profi. Erstens, weil er kaum schneller als ich alte Frau gerannt ist – by the way: Ich werde mich im Fitnessstudio für das exzellente Training bedanken! Und zweitens, weil er vor mir Angst bekommen hat! Haha! Ja, vor mir! Der hat noch eine lange Trainingszeit vor sich. Der sollte mal öfters mit mir um die Wette laufen. Aber lieber schnell weg von hier und zurück auf die Hauptstraße, da ist es für mich jetzt sicherer."*

Nun ging Elly erhobenen Hauptes an den Menschen vorbei, die sie einige Sekunden vorher vorbeikeuchen gesehen hatten. Nach links und rechts schauend beteuerte sie immer wieder: *„Ich habe meine Tasche wieder. Und ja, es ist nichts weg. Weder Geld noch mein Handy entwendet."* Langsam schmolz ihr Gefühl des Stolzes dahin, denn niemand beglückwünschte oder lobte sie. Nicht einmal ein Lächeln des Beifalls entlockte sie den Zuschauern. Ganz im Gegenteil: Sie betrachteten sie mit ernster Miene, als tadelten sie ihr Handeln. Da erst wurde Elly bewusst, welches Risiko sie eingegangen war. Diese kleinen Verbrecher stehlen meist nicht aus wahrer Not, sondern aus dem Bedürfnis heraus, sich Drogen zu verschaffen. Oder sie stehen sogar unter deren Einfluss, was eine Erklärung für die unprofessionelle Vorgehensweise ihres Gauners sein konnte. Auf jeden Fall sind sie bereit, für die kleinste Geldessumme einen Revolver zu zücken und auch damit zu schießen! Minderjährige brauchen keine Gefängnisstrafen zu fürchten. Deswegen werden sie von den Banden bevorzugt zum Stehlen eingesetzt. Die Bevölkerung ist über all diese Umstände im Bilde und wehrt sich nicht bei einem Überfall. Es käme dem eigenen Todesurteil gleich! Den Kindern trichtern die Mütter ein, funkelnagelneue hochwertige Turnschuhe, ohne mit der Wimper zu zucken, auszuziehen und dem Straßenräuber zu übergeben, die teuren Handys, ohne eine Träne zu vergießen, auszuhändigen, nur keinerlei Anlass zu einer Mordtat oder einer lebensgefährdenden Verletzung zu geben. Und Elly hatte entgegen dieser Maßregelungen gehandelt, die Naivität eines Säuglings offenbart. Scham überkam sie. Nur ein Ausländer konnte Fehler dieser Größenordnung begehen!

Bei ihrem Auto angelangt ging Elly in ein Café mit der Bitte um einen kleinen Besen. Sie musste die Glasscherben auf den Sitzen wegräumen, um sich nicht zu verletzen. Der Cafébesitzer fragte nach ihrem Befinden und es stellte sich heraus, dass er bereits die Polizei alarmiert hatte. Wenige Sekunden später stand sie vor Ort. Elly wollte keine Anzeige erstatten, da sie die Person nicht beschreiben konnte. Sie wusste nicht einmal, ob es sich um einen Mann oder eine Frau, jung oder alt, handelte. Im Grunde genommen war sie einem gesichts- und körperlosen Phantom gefolgt. Ihre erste Aufgabe war nun, der Freundin den Besuch abzusagen, und schnellstens in einer Werkstatt eine neue Scheibe einsetzen zu lassen. Sicherheit ging jetzt vor. Dafür hatten alle Bürger in dieser Stadt Verständnis.

Und die Lehre für Elly? Ihre geliebte Tasche mit einem Fassungsvermögen, das jedes Frauenherz höher schlagen lässt, in der man den Inhalt eines Sekretärs mit den wichtigsten Unterlagen verstauen konnte, dieses hochgeliebte Utensil würde sie aufgeben, in die hinterste Ecke ihres Schrankes verbannen müssen.

Stattdessen kaufte sie sich eine schmucklose lederne Nierentasche, die sie entweder um den Bauch band oder, wenn sie sie dort störte, vor böswilligen Augen unter ihrem Fahrersitz in Sicherheit brachte. Taschen waren ihr stets lieb und teuer gewesen. Nun würdigte sie sie in den Geschäften keines Blickes mehr, drehte ihnen den Rücken zu, und im Schrank verstaubten die ihrigen, vergessen und missachtet. Ein kleines Drama, aber weniger dramatisch als womöglich eine Kugel wegen ein paar Dollar abzubekommen.

Oma liebte den Adrenalinkick. Während es Menschen gibt, die dazu Alkohol oder Drogen benötigen, begnügte sich Oma mit weniger selbstzerstörerischen Vorgehensweisen. Z. B. Schwarzfahren. Es entwickelte sich zu einer Art weiterer sportlicher Betätigung. Es ging ihr nicht um das gesparte Geld, auch nicht darum, den Verkehrsbetrieben eins auszuwischen, es ging ihr um das Kribbeln im Bauch, um das ständige Alertsein, ganz einfach um das Cleversein. Nicht, dass sie die Kontrolleure jemals erkannt hätte und ihnen auf die Schnelle durch die sich schließende U-Bahn-Tür entwischt wäre. An jeder Haltestelle spähte sie zwar aus den Augenwinkeln zu den Wagontüren, aber die Kontrolleure kleiden sich stets dermaßen unauffällig, dermaßen normal und ihr Hereinkommen erfolgt im letzten Augenblick vor der Abfahrt, sodass kein Entrinnen möglich ist. Erwischt wurde sie niemals, einmal, weil sie so selten mit den öffentlichen Verkehrsmitteln unterwegs war und zweitens, weil zu wenige Kontrolleure im Einsatz sind. Zu ihrer Schande muss sie aber bekennen, dass sie sogar auf Fahrten mit ihren kleinen Enkelkindern, denen sie doch ein Vorbild hätte sein müssen, die gleiche Sünde beging. Immer mit einem von anno dazumal abgestempelten Ticket griffbereit, aber dennoch illegal.

Einen ähnlichen Kick verspürte sie beim Überqueren einer Ampel bei Rot. Zu Fuß war es ihr eine Selbstverständlichkeit, es sei denn, es befanden sich tatsächlich Kinder in der Nähe – das zu oft gelesene Schild bezüglich *Vorbild für die Kinder* flößte ihr doch einen gewissen Respekt ein. Auf dem Rad streckte und wendete sie den Kopf in alle Richtungen, um sich zu vergewissern, dass kein Auto auf sie zukam, aber vor allem musterte sie die Wagen, denn die Sirenen einer Polizeistreife wollte sie nicht auf ihre Fersen locken. Oft ermahnte sie sich selber, endlich vorsichtiger zu sein, nicht das Schicksal so keck zu provozieren. Denn der Gefahr war sie sich bewusst und fürchtete sogar nicht wegen irgendeiner gängigen Krankheit, sondern wegen eines selbst verschuldeten Unfalls mit komplizierten Brüchen im Krankenhaus zu landen. Und was solche Frakturen in ihrem Alter bedeuteten, das konnte sie auch abschätzen…

Bei einem Spanienurlaub machte sich Elly mehrfach zur Erkundung der Städte alleine auf den Weg, trennte sich von der langsam voranschreitenden Touristengruppe. Ihrem strammen Gang konnte kaum jemand der ältlichen Teilnehmer standhalten. Sie durchflitzte die Ortschaften mit ihren Museen, deren Inhalt sie wie wertvolle Trophäen im Kopf aufbewahrte. Manchmal übertraf sie sich selber, d. h. sie endete kraftlos am entfernten Ende eines Ortes. Von dem aus zurück zur Bushaltestelle oder gar zum Hotel zu gelangen, erschien ihr als eine Herkulesarbeit, der sie sich nicht mehr mächtig fühlte. Verkehrsmittel wie Bus oder Taxi waren leider nicht in Sicht. Was fiel nun der gewieften Elly ein? Sie griff zur altbewährten, leider außer Mode geratenen Methode des Autostopps! Warum nicht. Seit ihrer Teenagerzeit hatte sie sie zwar nicht mehr angewendet und seit Jahrzehnten waren Hitchhiker wie von der Erdoberfläche weggefegt. Ihr fiel der Vorfall ein, als sie selber - lag er 30 oder gar 40 Jahre zurück? - einen Studenten an der Autobahnauffahrt aufgelesen hatte. Es schneite leicht. Sie aber fuhr 150 Stundenkilometer. Ihr Begleiter wurde sichtlich nervös. Die anderen Fahrer hatten schon längst den Fuß vom Pedal genommen. Elly beruhigte ihn: *„Ich habe Winterreifen, es ist ein Quattro, ein äußerst sicheres Auto!"*, als wolle sie Reklame für die gute deutsche Automarke machen! Der junge Mann war bestimmt erleichtert, als er endlich am Ziel angelangt, wohlbehalten aus dem Wagen steigen konnte. Elly, keine Studentin mehr, stellte sich nun, aus der Not, also Erschöpfung, heraus mit hochgestreckter Hand an den Straßenrand. Die Fahrer sausten an ihr vorbei, zwar mit weit aufgerissenen Augen, als wollten sie der Wirklichkeit im 21. Jahrhundert nicht trauen, aber halten wollten sie nicht! Hatten sie etwa Angst vor dieser Seniorin? Ohne Gepäck. Ohne Gesichtsverschleierung. Dann bemerkte Elly zwei Männer, die Kisten in den Gepäckraum ihres wahrlich ein wenig heruntergekommenen Autos hievten. Vielleicht würden die sich ihrer erbarmen. Nichts wie hin! Ja, sie wollten sie mitnehmen, aber nur zur ca. einen Kilometer entfernten Kreuzung, denn sie fuhren nachher in die für Elly entgegengesetzte Richtung weiter. Aber dort befand sich ja eine Bushaltestelle, bestimmt eine Erlösung für die geschundene Elly. Bei näherer Betrachtung ihres Fahrers und seines Begleiters überkam Elly ein Schaudern! Ihr Aussehen passte zum äußerlich schäbigen Wagen und seinem ebenfalls dreckigen, unaufgeräumten Inneren. Sie kamen ihr wie Obdachlose vor. Sie fragte sie nach dem Inhalt der Kisten, ob sie vom Fischen kämen. Eine Orange verzehrend, antwortete der Beifahrer ohne Umwege: *„Nein, nein, wir haben Austern gepflückt. Das ist zwar verboten, aber es ist unser Lebensunterhalt. Wissen Sie, das wird seit Generationen in unseren Familien betrieben. Na ja, und heute springen für jeden von uns so 30,- Euro raus, denn wir verkaufen die an Restaurants."* Diese unaufgeforderte Offenheit beeindruckte Elly. Sie fragte sich, wie die Behausung dieser Männer wohl aussah. An der Ecke angekommen, verließ sie ihre „Retter" und begab sich zur Bushaltestelle. Laut angeschlagener Fahrauskunft sollte der Bus in einer dreiviertel Stunde vorbeikommen. Das war

Elly entschieden zu lange. Also nochmals Hand ausstrecken, wieder entsetzte Blicke der vorbeirauschenden Fahrer. Nach einigen Minuten hielt doch einer. Der Grund? Man nahm an, sie brauche Hilfe, befände sich in einer Notlage. So schlimm stand es natürlich nicht um Elly. Sie erklärte, der Bus käme erst in fast einer Stunde. *„Ach ja, es ist eine Katastrophe mit diesem Verkehrsmittel!"*, ergänzte die empörte Beifahrerin, *„immer, wenn ich damit fahren möchte, kann ich eine Ewigkeit warten! Die sind so unzuverlässig! Wohin müssen Sie denn?"* Elly, die offensichtlich eine Alliierte in dieser Dame gefunden hatte, gab den Namen des Hotels preis. Und die verständige Mitfahrerin zu ihrem Ehemann: *„Das ist ja nicht weit. Lass uns doch dorthin fahren."* Und an Elly gerichtet: *„Wir wohnen zwar gleich hier vorne, aber wir nehmen Sie gerne mit!"* Und so gelang Elly rechtzeitig zum Abendessen in ihr Hotel. Am Tisch erzählte sie von ihren kleinen Abenteuern beim Autostopp und musste feststellen, dass ihre Tischnachbarn kaum anders reagierten als die spanischen Autofahrer! Ungläubiges Kopfschütteln rundherum. Hielt man sie für verrückt oder zumindest für schrullig? Dennoch wiederholte sie die Mitfahrgelegenheiten mehrfach mit Erfolg, nur posaunte sie ihre kleinen Triumphe nicht mehr heraus.

Ziemlich dramatisch empfand Elly einen Vorfall weitab von der Menschmenge, vom Trubel der Massen, inmitten der Alpen. Dort kann man sich vollkommen gottverlassen fühlen, in geringer realer Entfernung von Ortschaften, Städten und dennoch in völliger Einsamkeit. In einem herrlichen breiten Tal, durchflossen von einem rauschenden Bächlein, umgeben von blühenden Weiden, erhielt Elly einen Anruf auf ihr Handy. Es dauerte eine Weile, bis sie dieses Objekt aus der anderen Welt, der geschäftigen, der geräuschvollen, der tätigen umständlich aus dem Rucksack herausgeholt hatte. Sie hatte schon ein Telefonat von ihrem Tennispartner erhalten, der mal wieder vergessen hatte, dass sie sich auf Wanderschaft befand. Auf diesen Anruf nun war sie überhaupt nicht gefasst: Das LKA. Was hatte sie verbrochen? Hier, aus dieser Idylle, wurde sie mit Gewalt in die Wirklichkeit zurückgeholt. *„Guten Tag, LKA. Wir haben bei Ihrer Festnetznummer angerufen und dort Ihre Handynummer erhalten sowie die Auskunft, dass Sie sich auf einer Alpenüberquerung befinden."* *„Ja, deswegen ist womöglich die Verbindung schlecht"*, gab Elly sofort bekannt, einer Unterbrechung vorbeugend, obwohl sie noch nicht wusste, was auf sie zukam! *„Sie haben vielleicht von dem Fall eines vermissten Jungen gehört."* *„Nein, nicht unbedingt"*, antwortete Elly, die sich nicht für Kriminalfälle, noch weniger für die Krimis im Fernsehen interessierte. *„Sind Sie die Eigentümerin des PKW mit amtlichen Kennzeichen...?"* *„Ja, ja, das stimmt."* *„Sind Sie vor einer Woche, am..., um ca. 18 Uhr in der Straße.... gefahren?"* *„Moment! An dem Abend habe ich meinem Sohn das Auto überlassen. Er kam zur Geburtstagsfeier meines Mannes angereist. Ich hatte mein Fahrrad im Gepäckraum zum Bahnhof mitgenommen und radelte damit heim. Er fuhr mit seiner Frau und seinen drei Kindern zu mir, aber er verfuhr sich, deswegen war er in der Straße ..., die einen Umweg bedeutet. Ich sah ihn nämlich dort heraus biegen und neckte ihn später wegen seines Irrtums. Aber was ist geschehen?"* *„Jemand hat angezeigt, in Ihrem Auto das vermisste Kind gesehen zu haben."* *„Das hat er mit einem meiner Enkelkinder verwechselt!"*, gab Elly forsch zur Antwort. *„Sie müssen verstehen, dass wir in so einem Fall jeder plausiblen Anzeige nachgehen. Ich wäre Ihnen dankbar, wenn Sie mir die Telefonnummer Ihres Sohnes mitteilen würden."* *„Ja, selbstverständlich. Nur muss ich sie aus dem Rucksack herausholen. Dazu lege ich das Handy kurz weg."* Elly übermittelte die Nummer, räumte ihre Sachen zusammen und holte schnellen Schrittes die Gruppe ein. Elly war vollkommen konsterniert, schweigsam, erschüttert. *„Wir sind überall greifbar,* *erreichbar. Wir können uns nirgendwo verstecken. Ein langer Arm streckt sich nach uns aus."* Ein Schaudern durchlief ihren Körper. Am Abend besprach sie die Begebenheit mit ihrem Sohn. Der Fall wurde vom LKA in Bezug auf ihn fallen gelassen. Tatsache ist aber, dass beim unrechtmäßig Angeklagten ein ungutes Gefühl zurückbleibt. Er ist befleckt. Der Verdacht lastet auf ihn. Eine Wanderin aus der Gruppe nahm die Vorgehensweise des LKA in Schutz: *„Bedenke, dass es zur Wiederauffindung des Kindes dient. Stell dir die Eltern vor, deren Verzweiflung."* Elly konnte diese Denkweise nicht nachvollziehen. Es störte sie, dass ein Unbeteiligter, der sich vielleicht wichtig tun möchte, einen Verdacht äußern kann, der einen Anderen, Unschuldigen, Nichtsahnenden beschmutzt, seine Ehre verletzt. *„Wie muss es erst sein, wenn man in Untersuchungshaft landet? Bei mir war alles nach ein paar Minuten vorbei und dennoch fühle ich mich nicht wohl in meiner Haut. Wie ergeht es einem, wenn man wochen- oder monatelang befragt wird? Nicht auszudenken! Kein Wunder, dass diese Menschen eine Entschädigung erhalten wollen und müssen. Es wurde ihnen Unrecht angetan."* Solche Überlegungen stellte Elly an und es sollten Monate vergehen, ehe sie dieses leichte Trauma überwunden hatte. Ungefähr ebenso lange dauerte es, bis sie die tragische Nachricht erfuhr: Der kleine Junge war tot aufgefunden worden, der Täter festgenommen.

Elly besaß die Eigenschaft eines außergewöhnlichen Erinnerungsvermögens, leider nur für Gesichter. Historische Daten konnte sie sich schwer oder gar nicht merken. Geschichte lag ihr eh nicht. Aber an Physiognomien konnte sie sich wahrlich gut erinnern. Immer wieder war sie für mehrere Jahre aus beruflichen Gründen ins Ausland gezogen und danach in ihre gewohnte Umgebung nach Deutschland zurückgekehrt. Oft blieb ihr der Gruß an Altbekannte im Munde stecken, denn der oder die Angesprochene ging seines/ihres Weges, ohne Elly eines Blickes zu würdigen. „*Sie sind doch Frau Meier!*", rief sie der blonden schlanken Dame hinterher. Diese blieb nun doch stehen und sah Elly verwundert an: „*Ja, das stimmt. Woher wissen Sie meinen Namen?*" Enttäuscht erwiderte Elly - keine unauffällige Erscheinung mit ihrem dichten vollen Haar, ihren großen grünen Augen, dem Gang einer Balletttänzerin: „*Wir nahmen doch wochenlang vor etwa vier Jahren an einem Yoga-Kurs hier in der Pfarrei teil. Ein Wochenende verbrachten wir mit der ganzen Gruppe dann auch noch in den Bergen. Können Sie sich entsinnen?*" „*Ach ja, und da waren Sie dabei? Wie war noch mal Ihr Name?*" Elly nannte ihn. Bis dato war sie der Meinung gewesen, durch ihr Äußeres Eindruck auf die Menschen zu machen. Sie musste sich eingestehen, dass sie sich getäuscht hatte. Wie konnte es überhaupt sein, dass sie, die in den zurückliegenden Jahren so viele neue, verschiedenartige Leute kennen gelernt hatte, Einzelne in der von ihr verlassenen Gegend ohne weiteres wieder erkannte? Wieso war es nicht umgekehrt? Wieso wurde sie nicht sofort von denjenigen erkannt, die all diese Jahre über außer dem alltäglichen Trott nicht viel erlebt hatten? Unerklärlicher Zustand in Ellys Augen.

Erstaunlicherweise erstreckte sich ihr Erinnerungsvermögen nicht nur auf Gestalten. Auch Stimmen erkannte sie wieder. Im Schwimmbad, im warmen gemütlichen Solebecken, erhaschte ihr Gehör die dumpfe Stimme eines Herrn im Gespräch mit seinen Freunden. Es war nur diese eine, die in ihrem Gehirn nach dem dazu passenden bekannten Gesicht suchte. Obwohl der Herr ihr immer noch den Rücken zuwandte, hatte Elly seinen Namen bereits in ihrem grauen Karteiordner gefunden: „*Hallo, Herr Schmidt!*" „*Na so was! Was machen Sie denn hier, Frau S.?*" Diesmal also doch erkannt! Eine Wohltat für Ellys Ego! War ein Mann anders disponiert als eine Frau? Interessierte er sich intensiver für das weibliche Geschlecht und behielt für ihn angenehme Erscheinungen eher im Gedächtnis als die uninteressanten? Es war Elly bewusst, dass Herr Schmidt sie stets attraktiv gefunden hatte. *„Menschen, die einem wie auch immer etwas bedeuten, merkt man sich wohl besser"*, war Ellys Fazit.

Oma und die gegenseitige Achtung

Auch den Intellekt pflegte Elly. Auf ihre Weise. Sie liebte die Literatur, nahm an Buchbesprechungen teil, besuchte ein philosophisches Café, aber da gab es noch etwas anderes. Ein Kartenspiel. Das sogenannte Schachspiel der Karten. Ja, Bridge. Von Unbeteiligten als das Alte-Damen- Spiel abgewertet. Man denkt an englische Ladys mit der Teetasse oder gar einem Whiskeyglas in der einen Hand, die Karten in der anderen. Aber dieses Spiel wird inzwischen wissenschaftlich betrieben, in Kursen gelehrt, in weiterführenden Seminaren vertieft. Es erfordert Konzentration und die intensive Beteiligung der grauen Zellen. Es wird von Männern mit genauso großer Begeisterung betrieben wie von der Damenwelt, aber der Großteil der Spieler befindet sich tatsächlich im Seniorenalter und es mangelt an Nachwuchs. Warum? Weil es zeitraubend ist. Ein Turnier dauert drei bis vier Stunden. Anfahrt und Nachhauseweg kommen hinzu. Ein Turnier pro Woche langt als Training nicht. Ein Student kann sich solch eine Stundenlast im Normalfall nicht leisten. Ebenso wenig ein Schüler. Keine Eltern würden bei ihren Sprösslingen eine so intensive Ablenkung zulassen. Rentner hingegen sind froh, täglich – zumindest in den Großstädten - die Möglichkeit zu haben, in verschiedenen Clubs Turniere zu spielen. Eine fordernde Beschäftigung, obendrein inmitten vieler Menschen. Alleinsein ausgeschlossen. Nicht dass es Zeit für kohärente Gespräche gebe. Im Grunde genommen müsste absolute Stille herrschen, damit sich die Herrschaften auf das Spiel konzentrieren können. Wie beim Schach- oder sogar beim Tennisturnier üblich. Aber immer wieder steigt der Geräuschpegel, wenn an einem Tisch ein Set von Boards zu Ende gespielt worden ist. Ein ständiges Auf und Ab der Dezibels erfüllt den Raum. Man kommentiert die Hände, man erzählt sich Wichtiges und Unwichtiges. Die Ermahnungen zur Ruhe ertönen wiederholtermaßen. Erfolglos. Der Mensch ist ein kommunikatives Wesen.

Elly lernte in Rio die Regeln, die Konventionen des Bridgespiels. Ihre Lehrerin? Eine Inderin. Wie aus einem Bollywoodfilm. Schlank, hübsch, geschmackvoll gekleidet, geschminkt, aber ihr herausragendster Aspekt waren die nicht zu übersehenden Fingernägel: Lang und spitz, selbstverständlich perfekt lackiert, meist dunkelrot. Und die Unterrichtssprache in der brasilianischen Küstenstadt? Französisch. Denn sie hatte in ihrer Heimat die französische Schule besucht und später einen Franzosen im diplomatischen Dienst geheiratet. Die anderen Schülerinnen? Französinnen, die wie sie selber für einige Jahre in Rio weilten. Die Lehrerin war selbstverständlich eine passionierte Bridgespielerin, die ihren Schülerinnen einzutrichtern versuchte, sich ausschließlich Zeit fürs Bridgespielen zu nehmen, alle weiteren Hobbys aufzugeben. Die Königin aller Freizeitbeschäftigungen sei Bridge! Die anderen könnten damit nicht konkurrieren, seien nebensächlich. Kein Tennis, kein Schwimmen. Sein Leben dem Bridge widmen. Diesen Rat – oder war es gar ein Befehl? – befolgte Elly nicht. Ihre Interessen waren zu weit gefächert. Aber dieser Zeitvertreib gefiel ihr und nach Deutschland zurückgekehrt, machte sie sich auf die Suche nach einem geeigneten Club und vor allem einer geeigneten Partnerin. Sie traf auf Anne Marie, eine erfahrene, langjährige Spielerin. Seit Jahren verwitwet. Beim Bridge, das sie tagtäglich spielte, verflog ihr sonst eintöniger Alltag. Wie viele ältere Damen haben durch ähnliche Lebensumstände einen idealen Ersatz in dieser harmlosen Unterhaltung gefunden? Elly schaute sich um. Manch verheiratetes Paar trat gemeinsam auf, Männer alleine ebenso, aber es überwogen doch Frauen, denen man das Witwentum anmerkte. Bridge als gesunde Sucht, tausendmal dem Alkohol vorzuziehen.

Bridge als Medikament, als Prävention gegen andere Suchtarten. Nicht mal verschreibungspflichtig! Keine Nebenwirkungen bekannt! Und obendrein äußerst preiswert. Neben einer Jahresgebühr von ca. 35,- Euro, zahlt man für die Beteiligung an einem Turnier etwa 5,- Euro. Jeder Kinofilm liegt teurer und dauert viel kürzer! Und man ist nie alleine! Kann vollgetankt in die häusliche Einsamkeit zurückkehren! Kann sie ertragen. Entgeht Depressionen. Oder erlebt sie verkürzt.

Anne Marie besaß ein großes Herz und ebenso große Empathie für ihren Nächsten. Aber genauso groß war ihr Fehler: Ihr fehlte das Vermögen, sich selber zu zügeln. Sie war aufbrausend, unbeherrscht, im Grunde genommen wie ein verzogenes kleines Kind. War sie nie von der Mama zurechtgewiesen worden? Waren ihr keine Grenzen gesetzt worden? Danach sah es in Ellys Augen aus. Ein verwöhntes, verhätscheltes Mädchen war sie wohl gewesen. Und was Hans nicht lernt,... Deswegen das Fehlen an Contenance, wie es so schön in der Operette „Der Vogelhändler" heißt. Elly trug einige Blessuren davon. Anne Marie tolerierte keine Fehler beim Bridge. Aber Elly war noch nicht erfahren genug und außerdem begeht jeder Bridgespieler unwillkürlich Fehler. Manchmal mehr, manchmal weniger. Es prasselten Beschimpfungen auf Elly hernieder. Aber in welchem Tonfall! Laut schrie Anne Marie durch den Saal! Bis in die hinterste Ecke drang ihre Kritik! Jeder erfuhr von Ellys Missgeschicken. Elly verkniff sich manchmal das Weinen. Immer wieder sagte sie sich: „*Das war das letzte Mal, das ich mit ihr gespielt habe! Das reicht! Sie macht mich zur Schnecke! Blamiert mich ungehemmt vor all den anderen! Und siehe, wir haben heute trotzdem den ersten Platz gewonnen! Dazu habe ich auch beigetragen.* " So haderte Elly mit sich, aber immer wieder bekehrte sie Anne Marie mit weichen Worten der Entschuldigung, mit der Beteuerung, sie werde nie wieder die Stimme erheben. Und so saßen sie sich Woche für Woche wieder gegenüber. Elly gewöhnte sich an Anne Maries Ausbrüche, obwohl das Geschimpfe sie nicht unbeeindruckt ließ. Sie litt, aber Anne Marie wusste sie geschickt wieder einzulullen durch ihr einfühlsames Befragen sowie ihren intimen Berichten aus dem eigenen Leben. Anne Marie drosch vor aller Augen und Ohren mit lautstarken Worttiraden auf Elly ein, reduzierte sie zu einem unbedeutenden Häufchen Elend, um sie nur wenig später, als sei nichts vorgefallen, wie eine schnurrende Katze mit ihrem bauschigen Schwanz zu umgarnen, ihr mit lieblichen Worten zu schmeicheln. Im Club war Anne Marie entweder beliebt oder gehasst, man war beeindruckt von ihrer Herzlichkeit oder man verabscheute ihre Anwandlungen. Elly ihrerseits war in ihre Fänge geraten, wusste keinen Ausweg. Bis sie umzog! In einen entfernten Stadtteil! Der Weg zum alten Club zu weit. So schieden sie in Frieden voneinander. Ohne Vorwurf, ohne Tadel. Die Telefonate hielten noch einige Zeit an, dann verstummten auch diese.

Elly stand vor einem Neuanfang. Im nächst gelegenen Club waren die Paargemeinschaften durch langjähriges gemeinsames Spielen gefestigt. Kein Dynamit konnte die eisernen Ketten zwischen den Partnern sprengen. Solide aneinandergeschweißt, hatten sie Stürme widerstanden. Was hatte jeder einzelne mit oder trotz des Anderen ertragen, was gelitten, was verschwiegen? Man hielt zueinander. Undurchdringlich für Ellys ungeschultes Auge verhielt sich der Dschungel der Enttäuschungen, der Anschuldigungen, des Jubels, all der Erfahrungen manchmal über Jahrzehnte zwischen diesen eingefleischten Paaren. Zehn, fünfzehn, zwanzig, fünfundzwanzig lange Jahre waren manche Paare schon beisammen! Ein nicht ausgesprochener Treueschwur einte sie. Man verstieß nicht den Partner, der nun begann zu schwächeln, der mit über 80 geistig nicht mehr so fit und schnell reagierte, seine Fehler nicht sah, noch minder einsah, seine Spielweise ständig rechtfertigte oder eisern dazu schwieg, jegliche Zurechtweisung abwies. Offensichtlich bröckelte hier und da die Fassade sowohl auf der verrunzelten Haut wie im spielerischen Können. Bei dem einen erschienen die Risse äußerlich in Form eines Gehstockes, eines Rollators, einer starken Lampe als Sehhilfe, bei anderen offenbarten sie sich durch eine falsch gelegte Karte. Elly stand voll Bewunderung vor diesem Stoizismus, dieser moralischen Integrität der Paare, die fast zu langjährigen Ehepaaren zusammengeschmolzen waren.

Elly fand auch schnell ihren Partner, einen überschwänglichen Italiener. Wie sie von einer der Organisatorinnen erfuhr, war man im Club froh, dass sich das Paar gebildet hatte. Diese Aussage musste einen triftigen Grund haben. Elly fand ihn ohne Schwierigkeit heraus: Herr Patientia verfügte über eine eigenartige Spielweise, nicht jedermanns Sache. Gewöhnungsbedürftig. Er präsentierte Elly zwar gleich in der dritten Spielwoche ein Bündel, in dem seine Regeln aufgelistet waren, an die sich Elly gefälligst halten sollte. Und er? Missachtete diese vollends, sodass Elly sich überhaupt nicht die Mühe gab, die Liste genauer durchzugehen. Bridge ist nicht Pokern. Bridge bedeutet Brücke. Eine Brücke auf soliden Pfählen, bestehend aus den im Paar vereinbarten Konventionen. Man kann es auch eine Sprache nennen, eine verschlüsselte, die es gilt, immer wieder zu entschlüsseln und zu verstehen. Das Gerüst ist für alle verständlich, die Einzelheiten müssen vom jeweils Betroffenen erfasst werden. Bei Herrn Patientia fiel das eherne Gerüst weg. Seine Spielweise warf ständig Fragezeichen auf. Nur ein sehr reger Geist konnte mit ihm mithalten, querdenken, erraten, gewagte Schlüsse ziehen. Ellys geistige Fähigkeiten waren gefragt, in Aktion, durften sich keine Ruhe gönnen. Nicht immer stimmte sie mit seinen Entscheidungen überein; er nahm unaufgefordert die Zügel in die Hand, Elly spielte die untergeordnete Rolle. Da man Bridge nicht alleine spielen kann, war ihr Zutun dennoch vonnöten. Die Erfolge ließen sich sehen. Sie wurden ein gefürchtetes, respektiertes Bridgepaar. Ein gewisses Renommee eilte ihnen voraus. Herr Patientia blühte auf. Manchmal wurde er ausgesprochen waghalsig, was nicht immer zum gewünschten Erfolg führte. Elly übte sich in Geduld.

Herr Patientia, von großer Statur, nahm körperlich viel Raum ein. Das beabsichtigte er auch im Geiste. D. h. er wollte dominieren. Mit starker Stimme mischte er sich in jedes Gespräch ein. Elly konnte nie eine Anekdote, einen kurzen Bericht, nicht einmal einen Kommentar glücklich zu Ende führen. Er unterbrach, er führte mit einer eigenen Anekdote usw. fort, er brillierte – oder hoffte dieses – und ließ dem Anderen keinen Krümel der Bewunderung oder gar Zustimmung übrig. Vor allem erzählte er aus seinem Berufsleben, von all seinen Glanzleistungen. Aufgeplustert wie ein Pfau, mit leuchtenden Augen stellte er sich in den Mittelpunkt der Viererbande am Tisch, berichtete von Vergangenem, das im Grunde genommen keinen interessierte. Aus Höflichkeit mimte man Bewunderung. Man wusste, dass diese Retrospektive nur wenige Minuten dauern konnte, denn das Intervall zwischen den Spielen ist äußerst kurz. Es war Elly schon länger aufgefallen, dass die Mehrzahl der Teilnehmer selber nicht von ihrer Vergangenheit berichtete, dass sie diese schon weit hinter sich gelassen hatte. Elly meinte, zwei Phasen zu erkennen: Die erste, die des Übertritts in den Ruhestand, in der man noch nicht mit der langjährig aktiven abgeschlossen hat, dann die Entwöhnungsphase, in der man lernen muss, sich neu zu positionieren. Die meisten Anwesenden hingegen lebten bereits in der dritten, in einem entrückteren Stadium, d. h. entweder wussten sie bereits voneinander oder sie standen nun nackt wie neugeboren in dieser letzten Etappe ihres Lebens, eine Etappe, die es galt auszukosten, da man nicht wusste, wie lang oder kurz sie dauern würde. Für Elly handelte es sich um eine neue erstaunliche

Erfahrung: Es galt der Mensch an sich, ohne den Ballast des früheren Ichs. Egal, was man erfahren, geleistet, erlebt hatte, man fing von Null an, von neuem. Man galt etwas durch sein Wesen, sein Auftreten, seine Ausstrahlung und nicht zuletzt durch sein Können im Bridgespiel. Und da Herr Patientia Elly nicht nur bei ihren Ausführungen unterbrach, sondern obendrein das Fragestellen nicht beherrschte, wusste er nach vier Jahren des fast wöchentlichen Treffens mit Elly nur ein paar äußere Umstände von ihrem Leben. Ein Armutszeugnis. Elly fühlte sich unwillkürlich an Anne Marie erinnert. Hatte Elly sich für ihr Leben die Opferrolle ausgesucht? Schon wieder in die Enge getrieben, schon wieder die Nebenrolle angenommen. Aber dieses Mal handelte Elly mit Vorsicht. Um nicht in eine komplette Abhängigkeit von Herrn Patientia zu geraten, wurde sie frühzeitig Mitglied in einem zweiten Club in ihrer näheren Umgebung. Das war sehr wichtig, um weiterhin die von Herrn Patientia verschmähten, aber von den anderen Spielern durchaus angewandten Regeln zu praktizieren. Sie ertappte sich immer wieder dabei, à la Herr Patientia unterwegs zu sein. Auch die Frage eines neuen Partners wies sie direkt darauf hin: *„Wieso hast du so gespielt? Auf diese andere Art wäre es doch vernünftiger gewesen."* Elly war es glasklar, aber sie konnte kaum eingestehen: *„Ich imitiere halt Herrn Patientias Spielweise. Entschuldigung. Ich kann nicht anders. Ich stehe unter seiner Fuchtel. Und deswegen bin ich hier: Um mir das alles abzugewöhnen."*

Herr Patientia missbilligte Ellys Eskapaden im anderen Club, mit anderen Partnern. War es Eifersucht? War es Herrschsucht? Dominanz? Die Suche nach einem neuen Partner würde nicht einfach sein; deswegen streckte Elly schon ihre Fühler aus, knüpfte Kontakte – für die Zeit danach. Ahnte sie, dass es womöglich eines Tages zwischen ihnen zum Bruch kommen würde? Oder wollte sie diesen sogar herbeiführen, provozieren, da sie im Bridge von Herrn Patientia nichts mehr lernen konnte, sondern eher dabei war, das Gelernte zu verlernen?

Herr Patientia gehörte zur alten Schule: Zur Begrüßung und zur Verabschiedung küsste er Elly nach Wiener Art die Hand, er rückte ihr den Stuhl hin und er ließ alle Damen vor ihm die Karten aus dem Board nehmen. Er öffnete einer Frau die Tür und gab ihr den Vortritt. Sein Benehmen hatte Seltenheitswert! Die Frauen schmolzen dahin! Weder im Bridgeclub noch im Theater, geschweige denn in der U-Bahn begegnete man solch einer Höflichkeit. Die Männer gestehen heutzutage den Frauen ihre Emanzipiertheit zu. Nach dem Motto: *„Wenn ihr emanzipiert sein wollt, uns gleichgestellt, dann bitte, macht alles alleine! Ihr braucht uns nicht? Ja, prima! Zeigt uns doch, wie ihr ohne uns zurechtkommt!"* Ganz anders bei Herrn Patientia. Er konnte seine Erziehung nicht einfach ablegen, abstreifen wie einen abgetragenen Mantel. Sie saß so tief, fest und steif in ihm drinnen, dass er sich wohl eher hätte verbrennen lassen, als ihr entgegen zu handeln. Er konnte schlichtweg nicht anders. Hinzu trat sein Aberglaube. Das Duzen lehnte er ab. Wenn er es mit Elly einführte, würde die Partnerschaft bestimmt bald beendet sein. Elly insistierte nicht mehr. Sollte er ruhig seine Manien, seine Ticks behalten! In Ellys Augen würden solche Äußerlichkeiten keinen Einfluss nehmen können auf einen unvermeidlichen Verlauf.

Bei seinen Kommentaren wie: *„Seit Sie fremd gehen im anderen Club, seit Sie mit fremden Leuten spielen, bringen Sie unsere Konventionen durcheinander",* da musste Elly innerlich lachen: *„Welche Konventionen, bitte schön, wenn er sich an gar keine hält! Sein Gespür für Bridge, sein Instinkt für den richtigen Kontrakt, für die Verteilung der Karten in den vier Händen reichen ihm vollkommen aus, ja, stehen über diesen lächerlichen Konventionen, die in seinen Augen für Anfänger, für Strohdumme* *zur Erleichterung erfunden worden sind. Aber er? Er benötigt diesen Krimskrams nicht. Er, der Gott, ist klar immun gegen solche Lächerlichkeiten."* Das war die Botschaft, die er aussendete. Klar und deutlich durch den Äther vernehmbar. Und Ellys Botschaft an ihn zurück? *„Ich, Normalsterbliche, brauche diesen Halt, diese Brüstung. Ich möchte nach diesen Regeln spielen, die ich keineswegs verachte!"* Das Gezerre konnte nicht ewig weitergehen. Es kam zu einigen Disputen: *„Wieso haben Sie nicht weiter gereizt? Ich habe nach den Assen gefragt. Ich habe die Führung in der Reizung übernommen!"*, fauchte er sie an. Bridge besteht aus zwei Teilen: Einerseits muss man einen Kontrakt ausreizen, d. h. die Trumpffarbe mit dem Partner bestimmen, danach muss man den Kontrakt spielen, besser noch erfüllen oder gegebenenfalls den Kontrakt der Gegner zu Fall bringen. *„Ich hatte aber nur ein einziges Ass. Deswegen habe ich gebremst. Und es war gut so, denn mehr Stiche waren nicht zu erzielen. Ich besitze auch ein Gespür für die Karten!"*, erdreistete sich Elly zu antworten. Herr Patientia erbleichte! Wut stieg ihm ins Gesicht. Man hatte gewagt, ihm zu widersprechen, seine Autorität untergraben. Elly lud ihn ein, kurz hinauszugehen, um den Vorgang zu besprechen. *„Nein, das hat keinen Sinn"*, kam wirsch als Antwort. *„Aha, das ist mein Todesurteil"*, sagte sich Elly. Und so kam es. Nach der letzten Runde erhielt sie keinen Handkuss, nur eine schlaffe Hand gereicht, begleitet von der Aussage: *„Die nächsten Termine sind hiermit gecancelt. Guten Abend!" „Tja, das ist es also gewesen!"*, sagte sich Elly und ging in geknickter Stimmung zum Ausgang.

Die Nacht schlief sie schlecht. Nach vier Jahren harmonischen Zusammenspiels, in denen sie sich gefügt hatte, in denen sie viel gelacht hatten, geachtet als Paar gewesen waren, nun mit einem Fußtritt erledigt, weggeworfen, zertrampelt. Er rief zwar am nächsten Vormittag noch an, aber nur um den endgültigen

Bruch zu bestätigen. Mit gefasster Stimme, ohne Zorn und Wut, bedankte er sich für die zurückliegenden Jahre, nannte sie noch eine „tolle Frau" und der Schlussstrich war gezogen. Elly empfand, so müsse sich eine Scheidung anfühlen. Plötzlich verlassen. Vor einem Neuanfang gestellt. Dabei fiel ihr ein, dass Herr Patientia sie einmal als seine Zweitfrau bezeichnet hatte, ja, vor anderen Partnern erwähnt hatte, dass Elly gleich nach seiner Ehefrau käme. Wie kann man so hart gegen eine offenbar Jahre hindurch geliebte und geschätzte Person agieren? Er hatte im Affekt gehandelt, dann aber durch das Telefonat bewiesen, dass er bei seiner Entscheidung blieb, dass es keinen Sinn mehr hatte, mit Elly zu spielen. Ein Glück, dass sie bereits vorsorglich ihr Netzwerk aufgebaut hatte. Sie spielte im anderen Club und erwarb mit einer für sie komplett neuen Partnerin den ersten Platz, dann im alten den zweiten, dann wieder den ersten im besagten Club. Und er? Er hatte wohl auch schon vorgesorgt, was Elly maliziös fand, als sie es bemerkte, denn er hatte es heimlich getan, während sie immer offen von dem anderen Club gesprochen hatte.

Somit gesellte sich seinem ersten Missverhalten, die harte, fast unmenschliche Abweisung Ellys nach vier Jahren Zusammenspiels, ein zweites, jenes des Hintergehens. Ihm war seine eigene Hybris wichtiger gewesen, selbstverliebt wie er war, überzeugt von seinem grenzenlosen Können. Dabei hatte ihn Elly gewarnt, dass er in einem Club mit erstklassigen Spielern ständig auf die Nase gefallen wäre. Dort hätte man sein Bluffen erkannt und ihn sofort in die Schranken gewiesen. Elly fragte sich: „*Wieso fügt sich ein Mensch wissentlich selber Schaden zu? Wieso besitzt eine intelligente Person nicht die Fähigkeit, über sich selber hinauszuschauen? Wieso ist ihr das Ego wichtiger als die Zukunft, die sie durch ihre Handlung zerstört oder der sie schadet? In der Liebe geschieht es oft: Da denkt der Bräutigam, die Braut hätte ihn mit Herrn X betrogen, und verwirft sie – ohne Beweise, nur aufgrund von Vermutungen, Andeutungen, des Anscheins wegen. Dabei verzichtet der Bräutigam auf die Liebe seines Lebens, leidet unsäglich, statt einfach nur zu verzeihen. Die Selbstliebe für ihn wichtiger als die wahre Liebe. Als würde in manchen Fällen das Gehirn, das Denkvermögen ausgeschaltet. Kein Wunder, dass Hoffart zu den sieben Todsünden zählt. Denn darum handelt es sich: Sein Stolz ist gekränkt, denn ich habe es mehrmals gewagt, seine Anweisungen zu missachten. Dabei ist er als Italiener ein gläubiger Katholik. Na ja, in der Hölle wird er deswegen nicht in aller Ewigkeit schmoren müssen!"*

Bei Elly saß der Schmerz tief. Ein angeblich wohlerzogener Mensch, der so viel Wert auf Höflichkeit legte, der von den Clubmitgliedern dafür hoch geachtet wurde, sodass Elly wegen dieses Partners beneidet wurde, führte sich auf wie der letzte Straßenjunge. Statt mit Elly über ihre Konventionen zu diskutieren, zu verhandeln, eine Einigung zu treffen, warf er sie wie einen alten Turnschuh, ohne mehr als zwei Sätze zu äußern, weg. Und dabei hatte er sich die vier Jahre über gebrüstet, ein erfolgreicher Manager gewesen zu sein. Ohne Verhandlungen, ohne Zugeständnisse geht kein Geschäftsleben. Aber vielleicht hatte man dort seine Führungsposition nie in Frage gestellt. Vielleicht hatte er dort als Tyrann mit uneingeschränkter Macht wirken können. Zum Trost gedieh Elly der Kommentar einer Bridgepartnerin: *„So ein Macho! All diese Südländer können mir gestohlen bleiben! Sie sind doch alle gleich! Alle Machos! Nur ihr Wort gilt! Unsereins darf kuschen! Ohne mich!"*

Was Höflichkeit anbelangt, so hatte Elly im Schwimmbad ein positives Erlebnis. Danach sah es zumindest anfangs aus. Zwecks Massage ihrer versteiften Schultern näherte sie sich im Solebecken den dicken Wasserstrahlern. Alle vier waren besetzt und Elly stand mit einem bittenden Fragewort ins Gesicht

64

geschrieben davor in der Erwartung, dass jemand den Platz räumen würde, entweder weil er genug Massage genossen hatte oder einfach weil er sich ihrer erbarmte. Dazu kam es schnell. Ein Vater forderte seinen wohl 12-jährigen Sohn auf, Platz für die Dame zu machen. Der Junge gehorchte sofort und Elly bedankte sich nicht nur, sondern fügte hinzu: *„Nur für ein paar Minuten."* Prompt erwiderte der höfliche Papa: *„Wir müssen eh gleich gehen. Unsere Zeit ist um."* Er hatte, wie Elly auch, das Frühschwimmerticket gelöst. Leider machte diese Bemerkung den Eindruck eines wohl erzogenen Mitmenschen zunichte. Also nicht aus Höflichkeit, sondern aus Zeitgründen wurde der Strahler verlassen. Keine Vorbildfunktion, kein gutes Exempel wollte der Papi seinem Sohn vorleben, nein, ein banaler, egoistischer Grund tauchte auf. Obendrein fügte der Herr hinzu: *„Und Frohe Weihnachten!"* Denn ja, die kleine Szene spielte sich am Vormittag des 24. Dezembers ab. *„Nicht mal an Weihnachten, an unserem höchsten Festtage, erhebt sich der Mensch über sich selber hinweg. Wenn das nicht ein Armutszeugnis ist! Und woher soll die junge Generation Verhaltensregeln lernen, wenn sie ihnen nicht anhand guter Beispiele vorgeführt werden?"*

An fehlende Höflichkeit musste man sich in diesem neuen Jahrtausend zwangsläufig gewöhnen; sie, ohne mit der Wimper zu zucken, akzeptieren, schlucken. Elly musste lernen, bei einer ihrer Ansicht nach unkorrekten Vorgehensweise den Mund zu halten, keine Kommentare abzugeben, denn diese bewirkten bei ihrem Kontrahenten sogleich durchaus beabsichtigte, verletzende Dolchstoße. Durch die Erfahrung weise geworden, versuchte sie, die auffälligen Handlungen der anderen zu übersehen. Immer gelang es ihr selbstverständlich nicht. Einmal radelte sie auf einer wenig befahrenen Straße, in der auf ihrer Seite Querparker standen, auf der anderen Längsparker. Nun stellte sich ein Wagen mit Anhänger längs vor die Querparker und von der anderen Seite näherte sich ein Sprinter. Elly schlängelte sich noch rechtzeitig durch und rief dem parkenden Fahrer zu, er habe dort nicht zu stehen. Als sie 100 m weiter gefahren war, überholte sie der junge Fahrer und schrie ihr entrüstet zu, was sie denn mit ihrer Bemerkung bezweckt habe. Elly ließ sich auf keine Polemik ein. Zwei Welten waren offensichtlich aufeinander geprallt. *„Es herrscht inzwischen eine Anarchie, in der jeder für sich den Anspruch erhebt, sein individualistisches, egoistisches Verhalten nach eigenem Gusto durchzusetzen"*, erklärte sich Elly selber die Uneinsichtigkeit des Autofahrers, der sich sowohl berechtigt wie auch im Recht fühlte, sie zur Rede zu stellen.

In einem Restaurant bestellte sie eine Pizza, die gleiche wie eine Woche davor, mit Schinken und Champignons. Nur war diesmal der Belag dürftig. *"Na ja, heute ist Sonntag, das Lokal gut besucht, in der Küche muss man haushalten, damit man alle Gäste halbwegs zufrieden stellen kann"*, dachte Elly für sich. Als die Bedienung wieder in Sichtweite war, machte Elly sie auf die klägliche Beschichtung der Pizza aufmerksam. *„Was kann ich denn dafür!"*, schmetterte die junge, wohl 22-jährige, unerfahrene Kellnerin zurück. Das wurde Elly zu viel: *„Soll ich denn etwa selber in die Küche gehen und mit dem Koch sprechen?"* Dass dies nicht ging, leuchtete sogar der pampigen Serviererin ein. *„Bitten Sie doch um ein paar Scheiben Schinken. Das wäre nett und ausreichend!"*, schlug Elly vor. Als Elly bereits die Hälfte der Pizza verspeist hatte, erschien die Bedienung nochmals: *„Sie können eine neue Pizza bekommen, aber nur den Schinken, nein, das geht nicht."* Elly verzichtete darauf. In der Zwischenzeit hatte sich eine Dame an ihren Tisch gesetzt, mit der sie eine angeregte Unterhaltung führte. Als Elly dann die Rechnung verlangte, stellte sie erstaunt fest: *„Die Summe kann nicht stimmen. Ich hatte eine Pizza und ein Bier!"* Was war geschehen? Die besagte Kellnerin hatte einfach das Essen der zweiten Person am Tisch auf Ellys

Rechnung draufgeschlagen, ohne überhaupt nachzufragen, ob alles zusammen bezahlt werden sollte. Dass hiermit für Elly das Fass voll war und sie kein Trinkgeld hinterließ, ist nicht verwunderlich. Für sich dachte sie aber: *„Immer wieder das gleiche Problem: Mangel an Personal, vor allem an geschultem Personal. Und dann wollen sie sich in diesem Gasthof als etwas Besseres ausgeben: „Wait to be seated!" steht auf dem Schild am Eingang, wohlbemerkt auf Englisch, um die Feinheit noch mehr zu betonen. Und obendrein die vielen Tische mit dem Hinweis „reserviert", um den Eindruck zu erwecken, das Essen sei so gut, dass sie permanent überbelegt sind. Aber wenn man höflich fragt, kann man ohne weiteres am reservierten Tisch Platz nehmen. Alles nur eine Schau. Bauernfängerei. Wie viele fallen darauf rein? Aber italienisches Essen ist eh wie eine Sechser im Lotto: Es zieht die Leute an wie ein Magnet!"*

Eines Nachmittags entspannte Elly am Ufer eines Badesees. Hundegebell weckte sie aus ihrem Schlummer. Eine Familie mit Kind, Krabbelbaby, Freunden, Papa und Husky hatte sich wenig entfernt von ihr niedergelassen. Der junge Hund war an einem Baum angebunden und fühlte sich offensichtlich nicht wohl. Das Bellen hörte nicht auf. Und ein Junge, der nicht zu der großen Gesellschaft gehörte, jammerte: *„Ich habe Angst!"*. Das spornte Elly an, auch ihre Angst zum Ausdruck zu bringen: *„Hunde sind doch in der Badesaison am See verboten! Das Kind hat Angst und ich auch!" „Der Hund tut doch nichts!"*, erwiderte eine Mutter. *„Thema verfehlt! Immer wieder diese stereotypische Antwort der Hundehalter!"*, dachte sich Elly und antwortete: *„Darum geht es nicht. Ich wiederhole: Der Junge und ich haben Angst." „Mein Mann bindet den Hund ja schon weiter weg." „Das war aber nicht Ihre erste Antwort gewesen!"*, gab Elly gereizt zurück. Zu einem anderen Badegast sagte die erwähnte Mutter: *„Vor ein paar Tagen waren wir an einem anderen See. Da dort das Mitbringen von*

Hunden verboten war, sind wir nun hierher gekommen. " Also war ihnen der Umstand bekannt, dass im Sommer Hunde an Seen nicht erlaubt sind. Und auch am anderen Baum machte der Hund von sich hören. Nicht genug damit: Ein mitgebrachtes Kofferradio wurde angemacht, die Stille endgültig begraben. Elly reichte es. Sie packte ihre Siebensachen zusammen, denn eine Offensive wäre bei diesen Gegnern erfolglos geblieben. Bei der Wasserwacht erkundigte sie sich nach den Strandregeln: *„Ja, das Mitbringen von Hunden ist im Sommer nicht gestattet. Aber wir mischen uns nicht ein. Sonst wird uns womöglich eine Scheibe eingeworfen. Da müssen Sie die Polizei selber kontaktieren. Und wegen des Radios: Auch hier müssen Sie selber eingreifen, d. h. sie müssen die Betreffenden auffordern, das Radio so leise zu stellen, dass es ihre persönliche Freiheit nicht einschränkt. Alles, was die Mitmenschen stört, muss unterlassen werden.* " Nun wusste Elly genau Bescheid, vor allem, dass man bei der Wasserwacht Angst vor Repressalien hatte. Was sollte sie dann als Einzelperson unternehmen? Lieber gar nichts. Leider musste sie feststellen, dass die Familie mit dem Husky weitere Male „ihren" Lieblingsplatz belegen sollte. Elly selber hielt sich fern, begnügte sich mit einem anderen schattigen Plätzchen, an dem Ruhe herrschte. Sie ging dem Konflikt aus dem Weg. Offensichtlich war diese Familie nur schwer zu belehren. Die Aufgabe der Umerziehung wollte Elly nicht übernehmen.

Die Erlebnisse am See hörten aber nicht auf. Als sie einmal wieder ihren Mann im Rollstuhl an die beliebte Uferstelle schieben wollte, bemerkte sie zwei Männer mittleren Alters, die ein Band zwischen zwei Bäume spannten und ihr somit den „Weg" über die Wiese zum Seerand versperrten. Sie bat sie höflichst, das Band wieder loszulassen, denn ansonsten hätte sie einen Umweg über Wurzelwerk nehmen müssen, der einen enormen Kraftaufwand bedeutete. Die Männer boten sich an, selber den Rollstuhl zu schieben, was sie freudig akzeptierte. Im Verlauf der folgenden Stunden beobachtete Elly immer wieder die Männer und ihr Band: Es sollte dem balancierenden Gehen darauf dienen, aber nie wurde einer der Männer tätig. Sie fragte sich, wozu sie die anderen Badegäste mit dieser Absperrung belästigten, wenn sie das Tänzeln nicht praktizierten. Oder sollte es eher primär zur Abschreckung, zur Abwendung anderer Menschen dienen? Auch diese Seeliebhaber sollten noch mehrmals im Verlauf des Sommers an dieser Strandstelle mit ihrem gespannten Band zugegen sein. Elly mied ihre Gegenwart, d. h. ihren Lieblingsbaum, um neuen Konflikten aus dem Wege zu gehen. Es handelte sich um ein weiteres Beispiel des modernen Verhaltens in der Gesellschaft, die auf Individualisierung pocht, die das Allgemeingut für sich alleine in Anspruch nimmt. In großen Parks in der Stadt hatte Elly den Trapezlern bewundernd zugeschaut. Sie hatten zwar auch ein Band zwischen zwei Bäume gespannt, versperrten aber niemandem einen bestimmten Weg, im Gegensatz zu jenem zum Seeufer.

Oma, die lasterhafte

Jedes Jahr unterwarf sich Elly einem generellen Checkup. *„Sicher ist sicher"*, sagte sie sich. Bei der Besprechung der Blutergebnisse erklärte die Ärztin: *„Alles Bestens! Hier nur eine Kleinigkeit: Die Leberwerte sind ein wenig erhöht!" „Aber ich bin keine Alkoholikerin!"*, rief Elly betroffen aus. Was würde die Medizinerin von ihr halten? Dabei kannten sie sich schon jahrelang. Es war vollkommen ausgeschlossen, dass sie als diesem *Ismus* zugetan angenommen wurde. Elly bemerkte das Lächeln im Gesichte der Ärztin. *„Was ich fast jeden Tag verschlinge, ist Schokolade"*, gestand Elly niedergeschlagen. *„Nein, nicht die gute, mit dem hohen Kakaoprozentsatz. Nein, Milchschokolade, am liebsten die mit Nougat. Süß muss sie sein. Und ich kann mir nicht Einhalt gebieten: Wenn ich einmal eine Tafel angefangen habe, dann putze ich die innerhalb von einer halben Stunde weg. Es hilft nichts: Weder, dass ich mir nur Stückchen an den Tisch hole und den Rest in der Küche im Schrank ganz oben zurückverstaue. Ich kehre doch nach ein paar Minuten wieder an den Ort meiner Begierde zurück, hole mir wieder ein Teilchen usw. Dann sage ich mir: Klar, da du dich nicht im Zaume halten kannst, kauf einfach keine Schokolade mehr. So gibt es nichts zum Naschen. Dann geht es mir wie dem Raucher. Ich verzweifle. Oder ich sage mir: Kauf welche und verstau sie im Keller. Vielleicht ist dir der Weg dorthin doch zu weit oder gruselig. Denn die Gier überfällt mich immer abends, wenn ich alleine zuhause hocke. Dann denke ich, ich dürfe mir doch etwas gönnen!" „Ich verstehe Sie vollkommen"*, erwiderte ihre geduldige Zuhörerin. *„Und Sie brauchen sich keine Sorgen zu machen: Wie gesagt. Die Werte sind kaum merklich erhöht. Und die Grenzwerte werden immer wieder mal verändert. Also alles in Ordnung!"*

Elly verließ die Praxis mit einem mulmigen Gefühl. Sollte sie ihr Problem tatsächlich auf die leichte Schulter nehmen? Sie erinnerte sich an eine frühere Nachbarin, eine damals 90-jährige Dame. Kleinwüchsig, schlank, behände trotz ihres hohen Alters. Sie hatte Elly einmal, fast im Vorbeigehen, im Treppenhaus, gestanden, dass sie täglich eine Tafel Schokolade verschlingen würde. *„Das macht mir Angst!"*, offenbarte sie willig. Elly verstand ihre Äußerung nicht, denn die Schokolade schädigte offensichtlich weder der Figur der ältlichen Frau noch ihrer eisernen Gesundheit. Dieses Beispiel bedeutete natürlich keinen Freibrief für Elly, es zu befolgen. Diese Dame verfügte wahrscheinlich über eine robuste Leber. Aber wie sah Ellys aus? Sie hatte mit 35 eine Gelbsucht gehabt, die leichte Form. Ihr kamen wieder die Worte einer Freundin in den Sinn, einer Ärztin, die ihr damals kurz nach der Genesung verkündet hatte: *„In diesem Sommer wirst du keine Erdbeeren essen mögen!" „Wie bitte? Wo ich doch Erdbeeren über alles liebe! Unmöglich!"* Aber als die roten Beeren in den Auslagen zum Greifen bereit lagen, würdigte Elly sie keines Blickes. Sie ging tatsächlich an ihnen vorüber, als wären sie grün oder schwarz und nicht ihre althergebrachten Lieblinge! In den folgenden Jahren aß sie wieder Erdbeeren, aber nicht mehr mit der Inbrunst der Zeit vor der Hepatitis. Also hatte die Leber vielleicht einen Schaden von sich getragen. Vielleicht würde nun der übermäßige Schokoladenkonsum ihn vergrößern, verschlimmern. Und dann war da noch der Totenschein ihrer Mutter. Sie war eigentlich an Brustkrebs gestorben, aber der Arzt hatte Leberversagen als Todesursache angegeben. *„Liegt eine Leberinsuffizienz in der Familie? Bin ich davon betroffen?"*, fragte sich Elly verunsichert.

Schon im Kindesalter hatte Schokolade Suchtcharakter bei Elly gehabt. Genauso wie für ihre Mutter, mit dem Unterschied, dass diese nach deren Verzehr unter Migräne litt. Nicht so Elly. Sie vertrug sie stets, was sie nun als ein gutes Zeichen für den

Gesundheitszustand ihrer Leber deutete. Ihre Mutter hatte sich im Konsum dieses Genussmittels wegen der auftretenden Kopfschmerzen zurückhalten müssen, hatte die angebrochenen Tafeln irgendwo im Kleiderschrank liegen gelassen. Wenn es Elly nach Schokolade hungerte, hatte sie bei der Unordentlichkeit ihrer Mutter ein leichtes Spiel: Sie brauchte nur in den verschiedenen Schubladen zu wühlen und fand vielleicht sogar verschiedene angebrochene, vergessene Tafeln. Ellys Diebstahl blieb immer ungeahndet, weil sich die Mutter nicht an ihre Verstecke bzw. an das Vorhandensein ihres Suchtmittels erinnerte.

Auch Ellys Vater pflegte Dinge in seinem Kleiderschrank vor den gierigen Händen seiner Kinder oder gar deren seiner Gattin in Sicherheit zu bringen: Nebst Bananen auch Kekstüten. Letztere fand Elly gleichermaßen auf ihren Suchtwanderungen. Da der Vater im Gegensatz zur Mutter über ein gutes Gedächtnis verfügte, konnte sie aber nie die komplette Tüte verschwinden lassen. Sie begnügte sich mit dem Besten daraus: Den mit Schokolade überzogenen Keksen. Die restlichen ignorierte sie voller Verachtung. Somit ereignete es sich immer wieder, dass ein Wut entbrannter Vater seiner Familie Vorwürfe machte, er könne nun die entjungferte Tüte mit den restlichen unbedeutenden Keksen keinem Besucher anbieten!

Was den Alkohol anbelangt, so zog er niemanden in der Familie sonderlich an. Elly trank gerne mal ein Gläschen Sekt, aber nie alleine, immer nur in Gesellschaft. Man hätte sie allesamt als Abstinenzler bezeichnen können. Elly hatte ehrlich gesagt Angst vor diesem Laster. Sie dachte sich immer: *„Wenn ich es zulasse, dann ist es vorbei mit mir."* Es beherrschte sie eine Art Aberglaube: Man erzählte sich in der Familie, dass ein Vorfahre Alkoholiker gewesen und in der Irrenanstalt geendet sei. Es handelte sich um den Urgroßvater von Elly. Ob eine Sucht wohl so viele Generationen überspringen konnte, um dann willkürlich einen

Nachfahren an der Kehle zu packen? *„Bis dato sind wir alle gut davon gekommen. Aber lieber bleiben wir achtsam!"*, schlussfolgerte Elly.

In puncto Schokolade nahm sie sich nun vor, ihren Konsum zurückzuschrauben, sich besser zu beherrschen. Das ging immer wieder mal ein paar Tage lang gut. Sie versuchte, Ersatz zu finden. Einfach mal ein Käsebrot zu verzehren, den Magen mit unschädlichen Lebensmitteln zu füllen, sodass kein Raum für das Schlechte übrig blieb. Die Heißhungerattacken auf Schokolade blieben natürlich nicht aus. Die ließ sie gewähren. Die gönnte sie sich. Zur Heiligen strebte sie nicht. Die Perfektion würde sie vielleicht nicht erreichen, aber eine deutliche Besserung bezüglich der Selbstkontrolle war eingetreten. Darauf konnte sie stolz sein. Ob die Leber eine Entlastung spürte, das würde sie erst bei der nächsten Blutabnahme erfahren.

Oma, die spirituelle

Wenn die Probleme sich häufen, wenn die Lösungen nicht auffindbar sind, wenn die Sorgen oder die Schmerzen über längere Zeit bestehen bleiben, dann bietet jeder Strohhalm Hoffnung. Auf ganz unverhoffte Weise fand Oma so einen.

Bei einem Gemeindeabend diskutierte Oma intensiv mit einer Dame über die sozialen Unstimmigkeiten der Aktualität: *„Ja, sie erscheinen mir genauso unlösbar wie das gesundheitliche Problem meines Mannes."* *„Was meinen Sie damit?"*, fragte ihr Gegenüber höflich nach. *„Er hat durch seine halbseitige Lähmung immerzu Schmerzen in der Schulter. Deswegen fordert er mich mehrmals am Tag auf, den Arm zu mobilisieren, was an manchen Tagen aufgrund der herrschenden Feuchtigkeit, durch Stress, Emotionen oder weiß Gott weswegen! besonders schwierig oder gar unmöglich wird. Der Arm ist dann so steif, dass man fürchtet, ihn durch die Bewegungen zu brechen."* Nun mischte sich ein Herr – es handelte sich um den Gatten von Ellys Gesprächspartnerin - in die Unterredung ein: *„Haben Sie schon mal von Bruno Gröninger gehört?"* Nein, Elly wusste nichts über diesen Mann.

Er sei ein Wunderheiler gewesen, der, obwohl in den 1950-ger Jahren verstorben, weiterhin Wunder vollbringe. Es existierten Freundschaftskreise weltweit, die sich in Abständen von drei Wochen träfen und u. a. über Heilungserfolge Bericht erstatteten. In der Woche drauf fand solch ein Treffen in Ellys Viertel statt. Vielleicht könne Ellys Mann auf diese Weise geholfen werden.

Am nächsten Tag erkundigte sich Elly am Computer über diesen Ausnahmemenschen. Google weiß alles oder zumindest so vieles! Normalerweise schreckten Elly Berichte über Wundersames ab. Alles gefakt, zu stark aufgetragen, übertrieben. Aber bei diesem

Film in YouTube waren mit Sicherheit Experten am Werk gewesen. Die Interviews klangen echt, ermüdeten nicht gleich Ellys Aufmerksamkeit. Rätselhaft erschien ihr, dass dieser Wunderheiler zwar Tausenden von Menschen geholfen hatte, seine Heilkraft für ihn selber aber nicht einsatzfähig gewesen war. Er starb mit ca. 50 Jahren an einem schlimmen Krebs. Man erläuterte im Film, dass es allgemein bekannt sei, dass Heiler für sich selber nicht tätig werden können. Der Mann beeindruckte Elly. Sie entschied sich dafür, der Versammlung in ihrem Wohnbezirk beizuwohnen. Sie wusste die Adresse, den Wochentag, ein Mittwoch, und die ungefähre Uhrzeit.

Gewöhnlich brachte sie ihren Mann dienstags zur Krankengymnastik, aber in dieser Woche wurde sie ausnahmsweise auf den Mittwochvormittag verlegt. Sie nutzte die Zeit, in der ihr Mann versorgt war, um Einkäufe zu tätigen. Und wer lief ihr unverhoffter Weise vor einem Geschäft über den Weg? Ihre Gesprächspartnerin der vergangenen Woche. Elly sprach sie sofort an, teilte Frau Schmidt ihre eigene Telefonnummer mit, damit ihr Ehemann ihr genau mitteilen könne, wann das Treffen am selbigen Abend beginnen würde. *„Was für ein Zufall, Ihnen hier zu begegnen!"*, meinte Elly freudig. *„Ach, wissen Sie, für Bruno Gröninger existieren keine Zufälle. Er ist der Überzeugung, alles wird von oben gelenkt. Denn er war ein sehr gläubiger Mensch."*, berichtete Frau Schmidt.

Zuhause angelangt, fand Elly tatsächlich eine Nachricht auf ihrem Anrufbeantworter mit den Angaben zum Treffen. Nun galt es, ihren Ehemann, Robert, dazu zu überreden, daran teilzunehmen. *„Du bist doch ein guter Katholik. Schau doch all die Gläubigen, die nach Lourdes oder Fatima pilgern. Einige kehren tatsächlich geheilt zurück. Das Ganze ist doch ein Versuch wert! Verlieren kann man dabei nichts!"* Aber nein, Robert war nicht dazu zu bewegen, beim Experiment dabei zu sein. Elly war seine

Absagen gewohnt. Sie war darin geübt, die Zügel in die Hand zu nehmen, Dinge alleine zu unternehmen. Also ging sie. Für ihn. Um ihm zu helfen.

Es handelte sich um eine Einführung in das Wirken des Meisters. Eine erfahrene Anhängerin gab die Informationen an sechs bis sieben Neulinge weiter. Zwischendurch spielte eine esoterische Musik zum Zwecke der Meditation. Elly konzentrierte sich auf Robert: Sie schickte alle Energie in seinen Arm, in seine Schulter. Nichts begehrte sie für sich, nur für ihn. Man sitzt mit beiden Füßen auf dem Boden und beiden Händen nach oben geöffnet, damit die Energie in sie hinein fließen möge. Dadurch entsteht ein Kribbeln in den Händen. Zum Schluss wollte Elly niemanden die Hand zum Abschied reichen. Sie wollte diese Energie für Robert mit nachhause nehmen, sie für ihn aufbewahren! Aber hier und da drängte man ihr ein Händeschütteln auf, das sie nicht abwehren konnte, wollte sie nicht unhöflich wirken.

Und zuhause? Sie stürzte sich in Roberts Arme und begann, heftig zu schluchzen. Sie weinte und weinte. Robert sah sie entgeistert an, konnte sich keinen Reim aus ihrer Überreaktion machen. Erst nach 10 Minuten war sie imstande, den Verlauf des Abends zu schildern. Der Zustand des Armes besserte sich in den folgenden Tagen. Er lockerte sich, was nicht bedeutete, dass Robert auf seine mehrmaligen täglichen Aufforderungen zur Mobilisierung verzichtete. Elly war glücklich über diesen Erfolg.

Zwei Wochen später verbrachte ihre Tochter Louise ein paar Tage bei ihnen. Am letzten Tag, an einem Sonntag, erzählte Elly ihr von ihren Erfahrungen mit Bruno Gröninger. Louise meinte, man könne durch den simplen Wunsch nach Heilung diese herbeiführen. Dann brachen sie zu einem kleinen Spaziergang auf und wen trafen sie nach einigen Hundert Metern? Genau, das Ehepaar Schmidt. Elly hätte sie fast umarmt! Sie berichtete von ihrem Erlebnis nach dem Einführungsabend sowie von den Auswirkungen auf Roberts Arm und auch davon, dass sie soeben ihrer Tochter davon erzählt hätte und siehe da, kurz darauf die Begegnung mit dem Verursacher dieses Erlebnisses. Als Antwort der bekannte Kommentar: *„Laut Bruno gibt es keine Zufälle. Es wird alles von da oben eingerichtet."*

Gestärkt durch diese Begebenheiten beschloss Elly am nächsten richtigen Treffen der Mitglieder teilzunehmen. Wieder strukturierte die Leiterin den Abend mit kleinen Anekdoten, mit Musikeinlagen zur Meditation und endlich mit der Aufforderung an die Teilnehmer über ihre Erlebnisse Bericht zu erstatten. Diese betrafen nicht nur Menschen, sondern auch Tiere! Bei der allerletzten Meditation hatte Elly nun ihr Aha-Erlebnis. Sie hatte das Gefühl, ihr stünden die Haare auf der Mitte des Kopfes zu Berge und es verließe sie an dieser Stelle einiges aus ihrem Körper. Sie konnte nicht genau sagen, wie lange diese Sensation anhielt, vielleicht 5 Minuten, vielleicht 10. Sie war nochmals ergriffen, aber zum Heulen in Roberts Armen sollte es diesmal nicht kommen.

Dennoch passierte etwas Erstaunliches. Während sie Robert den Verlauf des Abends schilderte, lief wie so oft der Fernseher. Und als sie gerade dabei war, von ihrem persönlichen Erlebnis in der Mitte des Kopfes zu berichten, wer erschien da auf dem Fernsehschirm? Ein Punker! Die Haare geschoren bis auf die zentrale Partie des Schädels. Hier standen die Haare gut 10 cm hoch und zusätzlich besaßen sie eine außergewöhnliche Farbe: Rot, genauso wie die Ellys! *„Noch ein Zufall!"*, dachte sich diese. *„Aber nein, klar, von oben gelenkt gemäß Bruno."* Auch für Elly war er inzwischen kolloquial auf seinen Vornamen reduziert, zu einem engen Bekannten, vielleicht sogar zu einem Freund mutiert.

So viele Begebenheiten, gekoppelt mit den „Zufällen", beeindruckten Elly stark, auch wenn sie bei sich selber keine

Besserung der Hüftschmerzen feststellen konnte, für die sie Bruno beim Freundschaftstreffen inständig gebeten hatte. Sie wollte nicht unbedingt einer „*Freundin*" nacheifern und in jede Hosentasche ein kleinformatiges Foto des Heilers griffbereit mit sich führen, aber sie stellte eines Nachmittags ein mittelgroßes vor eine Topfpflanze, sozusagen als Altarbild, ließ den Rollladen halbwegs herunter, wodurch ein warmes, schummriges Licht im Raum entstand. Sie setzte sich auf einen Stuhl davor, die Füße fest auf dem Boden, die Hände mit Handflächen nach oben, grüßte ihr Idol und bat um Audienz. Sie stellte ganz klar und deutlich ihre Bitte um Minderung ihrer Hüftschmerzen. Bruno pflegte zu sagen, er könne für die Menschen alle Schmerzen auf sich nehmen, genau wie der Christus. Elly wollte sie ihm gerne abgeben, sie gerne los werden, ein ausschlaggebender Punkt laut Bruno. Sie fing an, sich hin und her, vorwärts, rückwärts, rundherum zu wiegen. Sie konnte die Bewegung nicht aufhalten, ein innerlicher Trieb zwang sie dazu. Wieder war sie nicht imstande zu sagen, wie lange diese Trance anhielt, 15 Minuten oder gar 20. Danach fühlte sie sich erschöpft. Einige Tage später wiederholte sie die Sitzung, aber weder trat sie in Trancezustand noch besserten sich ihre Schmerzen. Sie war enttäuscht. Machte sie etwas falsch? Warum erhörte sie Bruno nicht? Fast wurde sie wütend auf ihn. So viele augenscheinlich wirklichkeitsgetreue Berichte über Heilungen, nur bei ihr sollte es nicht klappen? Ihr blieb nichts anderes übrig, als einen Orthopäden aufzusuchen, Krankengymnastik über sich ergehen zu lassen, weitere Übungen nach Angaben in YouTube zuhause durchzuführen. Nicht der leichte Weg war ihr gegönnt, sie musste wie jeder normal Sterbliche mühsam voranschreiten.

Oma, die sozial engagierte

Elly hatte immer den Eindruck, sie müsse etwas für die Schwächeren in der Gesellschaft unternehmen, für jene, die benachteiligt auf die Welt gekommen sind, die nicht die gleichen Chancen durch Geburt am richtigen Ort erhalten hatten. Nicht dass sie vom Helfersyndrom besessen wäre wie einige ihrer Freundinnen. Sie empfand es als einen Ausgleich, eine gesunde Balance zu Ungerechtigkeiten des Zufalls.

In einem Flüchtlingsheim verpflichtete sie sich einmal die Woche zur unentgeltlichen Hausaufgabenbetreuung von Grundschulkindern. Diese stammten in erster Linie aus Afghanistan, einige aus Afrika, andere aus Palästina. Die Arbeitshaltung war unterschiedlich: Die einen willig, andere passiv oder sogar renitent. Je nach Kind gestaltete sich somit die Arbeit mehr oder weniger anstrengend. Mit einheimischen Kindern wäre es bestimmt nicht anders. Umso offensichtlicher wurde Ellys Konflikt mit der gleichzeitig mit ihr anwesenden zweiten Hilfskraft. Ihre unausgesprochenen Auffassungen von „Hilfe" liefen konträr, wie sich aus den folgenden Beispielen folgern lässt:

Eines Tages traf Elly bei ihrer Ankunft im Heim Mohammed im Hof mit einem Ball spielend an. *„Kommst du gleich?"*, fragte sie ihn freundlich. *„Nein, ich habe heute keine Hausaufgaben."*, lautete seine Antwort. Also begab sich Elly in den „Schulraum" und wer folgte ihr sogleich? Mohammed, wohlgemerkt mit Ball, den er mit den Füßen vor sich her trieb. Elly wollte schon den Mund aufmachen, um ihn aufzufordern, den Raum samt Ball sofort zu verlassen, als Frau Eberhard mit einem Grinsen von Ohr zu Ohr sich auf den Ball stürzte und ihn Mohammed sanft zuschoss. Während Elly noch unverständig auf das unverhoffte Geschehen vor ihren Füßen schaute, ging das freudige Spiel weiter. Elly kniff die Lippen zusammen. *„Wenn meine Kollegin keine Maßstäbe setzt, wenn sie kein Vorbild sein möchte, wenn sie lieber als weich und flexibel angesehen werden möchte, dann kann ich unmöglich als bestimmender Diktator eingreifen."*

Ein anderes Mal berichtete Ali Elly von den Ratschlägen seiner Mutter: *„Ich soll sehr viel lernen. Und vor allem, ich soll werden wie die Deutschen, nicht nur mich anpassen."* Gerade wollte Elly voll des Lobes einen Kommentar über diese ehrgeizige, fortschrittliche Mutter abgeben, als es vom gegenüberstehenden Tisch herüber donnerte: *„Das ist vollkommener Quatsch! Du sollst so bleiben, wie du bist!"* Schon wieder eine Einmischung von Frau Eberhard. Und Elly fragte sich: *„Wozu redet man überall von der Anpassung, von der Integration der Migranten und Flüchtlinge, wozu bemüht sich die Politik um die Findung von Wegen und Lösungen für diese schwierige Frage, wenn dann die Menschen, die, wie wir Helfer, an der Quelle sitzen und direkten Einfluss nehmen können, dagegen arbeiten, kontern? Unter all diesen Kindern, die hier in den Unterricht kommen, besitzt Ali vielleicht als einziger eine Mutter mit Weitblick und dieser einzige Lichtblick wird mit einem Schlag vernichtet. Weit werden wir auf diese Weise wohl kaum kommen mit der Eingliederung der Ausländer."*

Für Elly ereignete sich leider noch eine Steigerung. Als sie sich an einem anderen Nachmittag nach Beendigung der Hausaufgaben schon im Gehen befand, hörte sie folgende Unterhaltung: *„Aber nein, Leila, es gibt keine Burkinas mehr in den Geschäften. Wir haben September, die Badesaison ist vorbei."* *„Wieso benötigt Leila eine Burkina?"*, mischte sich Elly ein. *„Jetzt ab Herbst habe ich doch in der Schule Schwimmunterricht."*, antwortete Leila, eine etwa 10-jährige Afghanin, wohlgemerkt ohne Kopftuch. *„Verstehe ich"*, erwiderte Elly, *„aber weswegen benötigst du eine Burkina?"* *„Sie schämt sich halt im Badeanzug"*, erklärte die verständige Frau Eberhard. „*Schau, Leila, du kleidest dich vollkommen westlich, trägst enge Leggings, ein ganz normales T-Shirt. Warum eine Burkina?*", insistierte Elly. Leila hob die Schultern, wusste selbst keinen echten Grund. „*Man muss sie halt verstehen!*", erklärte Frau Eberhard und fügte an Leila gerichtet hinzu: „*Weißt du, da gibt es noch eine Lösung: Ich suche dir jetzt eine Burkina im Internet.*", und schon zog sie ihr Handy heraus. Das wurde Elly zu viel: „*Ich gehe lieber gleich, ehe ich explodiere.*", sagte sie sich und verließ den Raum. In der folgenden Woche wurde es ganz klar: Frau Eberhard hatte Leila im Internet tatsächlich eine Burkina gekauft – auf ihre eigenen Kosten obendrein. Wieder ein Fall, in dem die Fremdartigkeit verstärkt wurde, anstatt dass durch ein Gespräch eine Annäherung an unsere Kultur in Gange gebracht worden wäre.

Aber deprimierende Tatsache war, dass diese Kinder kein deutsches Haus betreten hatten. Sie erzählten zwar, dass sie an Geburtstagsfeiern teilnahmen, wenn man nachfragte, stellte sich leider heraus, dass sie zwar in der Schule ein Stück Kuchen abbekamen, aber nie zur privaten Feier am Nachmittag eingeladen wurden. Sie waren die „Flüchtlingskinder", die die deutsche Gesellschaft mied, als trügen sie eine ansteckende Krankheit in sich. Das musste ihnen natürlich weh tun. Sie waren somit auf den Rückhalt ihrer Gemeinschaft gestellt, vielleicht sogar gezwungen, ihre Identität umso stärker hervor zu heben, sichtbar werden zu lassen, auch durch eine Burkina.

Oma in Zeiten von Corona

Im März 2020 brach eine unbequeme Zeit an. Quarantäne oder zumindest Ausgangsbeschränkungen für fast die ganze Menschheit. Der ganze Globus im Stillstand. Eine unglaubliche Situation, Science Fiction war nichts dagegen. Die Wirklichkeit schauriger als jede Utopie, eher eine Dystopie. Was die junge Greta Thunberg nicht erreicht hatte mit feurigen Reden, stechenden Angriffen auf die Politiker und die Industriellen, mit Warnungen vor einer bevorstehenden Klimakatastrophe, wenn man nicht schnell handele, nicht umgehend Maßnahmen ergreife wie z.B. die Produktion zurückzufahren, konsequent auf das Fliegen verzichte, ja genau all das hatte das winzige Virus in Gang gesetzt! Es trat auf, wie von Greta gerufen: *„Die Herrschaften hören mir zwar höflich zu, die Presse berichtet ständig über meine Forderungen, aber Taten folgen nicht. Also nettes Coronachen mache dich mal breit, lehre ihnen allesamt das Fürchten!"* Mit den vielen unschuldigen Toten hatte sie ganz bestimmt nicht gerechnet. Solche Berechnungen überforderten sogar die Gesundheitsämter! Und dann las man auch noch die Nachricht, das Mädel selber sei infiziert. Ob das wohl stimmte?

Im Februar war Elly wie gewohnt bei den Flüchtlingskindern zur Hausaufgabenbetreuung. Ausnahmsweise waren sie mal frühzeitig fertig. Beim Verlassen ihrer Wohnung hatte Elly noch schnell ihre Post eingesteckt. Darunter befand sich eine Gratiszeitung, die allwöchentlich in ihrem Briefkasten landete. Diesmal enthielt sie einen Artikel über das Coronavirus. Sie lud die zwei Kinder ein, ihn gemeinsam zu lesen. Durch die zu diesem Zeitpunkt in China grassierende Epidemie besaßen sie bereits einige Informationen. Ali gab einen Kommentar ab: *„Das ist ja wie die Pest!" „Ach, nein!",* meinte Elly erschrocken, *„damit gehst du zu weit. So schlimm wie im Mittelalter wird es heutzutage bestimmt* *nicht!"* Dieses Gespräch hatte Anfang Februar stattgefunden. Sechs Wochen später dachte Elly voller Bewunderung an Alis Bemerkung zurück. Diese Pandemie unterschied sich in ihrer Virulenz kaum von jener der wiederholten Auftritte der Pest. Hätte aber jemand voraussehen können, dass man bei den vielfältigen Fortschritten der Menschheit auf allen Gebieten, an erster Stelle jenen der Hygiene und des Gesundheitswesens, im 21. Jahrhundert einem winzigen Partikel unterliegen könnte?

Man fühlte sich wie in einem Krieg, in dem sich der Feind nähert, einen umzingelt und schließlich einnimmt. Wohlbemerkt unsichtbar, nicht angreifbar, jede Verteidigungsstrategie obsolet. Ja, und eine Katastrophe in Form eines Kriegsausbruchs hätte sich Elly noch ausmalen können; immerhin grassierten genügend und über etliche Jahre in mehreren Ländern der Welt. Aber diese Art von Weltuntergang durch ein Virus, nein, das hätte sie sich nie vorstellen können. Auf den Gedanken wäre sie nie gekommen, war sie nie gekommen. Wer auch schon in ihrem Bekanntenkreis! Vielleicht hatten Virologen dies vorhergesehen und nicht publik gemacht. Wieso auch! Wozu auch?

Man fühlte sich machtlos, ausgeliefert, verkroch sich hinter der nun bequem gewordenen Auffassung des Kismet: Entweder trifft es mich oder es verschont mich. Tun kann ich eh nichts oder sehr, sehr wenig. Ja, daheim bleiben, wie das Bayerische Fernsehen als ständige Anzeige auf dem Bildschirm propagierte, uns an unsere Pflicht erinnerte. Das Fliegen gehörte in ein anderes, längst vergangenes, fast schon vergessenes Zeitalter. Das Auto moderte in der Garage vor sich hin. Würde man zur Osterzeit die Winterreifen abmontieren oder würde diese Aktion überflüssig werden, da die Pandemie anhalten würde? Fragezeichen über Fragezeichen. Unsicherheit. Furcht. Furcht vor dem Kranksein, Furcht vor dem Eingesperrtsein, Furcht vor dem eigenen psychischen Zusammenbruch. Wie lange würde man durchhalten können?

Zwei Wochen bestand schon die Ausgangsbeschränkung. *„Wann werden die Telefonleitungen zusammenbrechen?"*, fragte sich Elly. Denn das Telefon war die gängigste Verbindungart in Zeiten, in denen Treffen, Besuche, sogar das sich Nähertreten unter Strafe gestellt war. Ja, die Regierung hatte einen Bußgeldkatalog erstellt, in den Supermärkten wurden vor den Kassen Linien in anderthalb Meter Abstand zueinander gezogen, die Distanz, die man wahren sollte, um einer Tröpfeninfektion zu entgehen, Spielplätze wurden mit Bändern abgeriegelt, Golfplätze trotz des sonnigen Wetters geschlossen, nebst Theater, Restaurants, usw. Selbstverständlich war auch das Internet gefragt für das verbreitete Homeoffice nebst den Spielen und Recherchen der zum Müßiggang gezwungenen Bevölkerung.

Offiziell, auch von der Kanzlerin höchstpersönlich, wurde verkündet, man solle zuhause verweilen, um die Ansteckungsfälle zu verringern und somit die Krankenhäuser nicht zu überlasten. *„Aber man müsste uns doch sagen, es sei an erster Stelle eine Maßnahme für uns, zu unserem eigenen Schutze! Natürlich hängt das eine mit dem anderen zusammen, ohne ausreichende Klinikplätze können die schweren Fälle nicht geheilt werden, aber die Überfüllung der Krankenhäuser resultiert erst als Konsequenz unseres Krankwerdens"*, räsonierte Elly.

Das Spazierengehen war noch erlaubt, unter der Vorgabe, den Abstand von anderthalb Metern zum Nächsten zu wahren, ausgenommen man sei mit den im gemeinsamen Haushalt Lebenden unterwegs. Elly beschloss, sich täglich auf ihr Fahrrad zu schwingen, Richtung Wald. Dort entdeckte sie eine Eichenallee, die ohne Blätterkleid den Sonnenstrahlen freien Durchgang bot. Trotz starkem Windes, trotz eisiger Temperaturen, verbreitete sich ein angenehmes Wärmegefühl in Ellys Leib. Der fast täglichen Präsenz der Sonne hatten alle Menschen in dieser schwierigen Zeit es zu verdanken, nicht unentwegt in Verzweiflung und in

Depressionen zu verfallen. Auch wochentags waren viele Leute unterwegs. Elly musste oft Slalom fahren, um die vorgeschriebene Entfernung einzuhalten. Auch bei einer Weggabelung verhielt sie sich vorsichtiger als üblich: Es galt ja nicht nur, keinen Zusammenstoß zu verursachen, es galt, keinem Wesen zu nahe zu geraten! Manchmal dünkte sich Elly unhöflich, weil man dermaßen verbissen versuchte, dem anderen zu entkommen, ihn mit voller Absicht zu umgehen oder zu umfahren, ihm den Rücken zuzukehren. Dann wiederum erwischte sich Elly dabei zu vergessen, in welcher Zeit sie lebte, d.h. sie ging zerstreut vor sich hin, ohne sich der *„Gefahr der Nähe zum Nächsten"* gewahr zu werden! Die meisten Wanderer verhielten sich vernünftig und einsichtig. Aber Elly begegnete einigen Ausnahmen, altbekannten Verhaltensmustern, die vor allem einige Vertreter des männlichen Geschlechts nicht ablegen konnten oder wollten. Es ereignete sich mehrmals, dass sie auf ein Pärchen zusteuerte, bei dem der Mann, großgewachsen, auf der Innenseite ging und keine Anstalten machte, sich seiner Partnerin zu nähern und so die Nähe zur Radlerin Elly zu vermeiden. Also blieb Elly nichts anderes übrig, als auf den Rasen auszuweichen. Es erinnerte sie an ihren letzten Flug, bei dem ihr Sitznachbar, immerhin ein schlanker Mann, breitbeinig mit seinem Knie so wie seinem Fuß in Ellys Bereich eingedrungen war. Sofort wies sie ihn zurecht: *„Hier endet ihr Revier, hier beginnt meins. Diese ist die Grenzlinie!"* Daraufhin zog er mißmutig sein Bein zurück. Damit war das Nachbarschaftsverhältnis noch nicht geregelt, denn auch sein Ellenbogen posierte fest auf der gemeinsamen, zu teilenden Armlehne. Elly stemmte daraufhin ihren Ellenbogen gegen seinen. Eine Kriegserklärung! Nach einer Weile ließ ihr deklarierter Feind an Intensität nach. Man arrangierte sich! Am folgenden Tag, immer noch nebeneinander im Flugzeug sitzend, bekam sie keinen Morgengruß. Damit war für Elly das Urteil besiegelt: Dieser Mann besaß einfach keine Erziehung!

Auf ihren Radtouren erlebte Elly noch eine andere Begegnung nach altbekanntem Muster. Offensichtlich bevorzugte auch eine Hundetrainerin die Mittagszeit für ihre Spaziergänge mit einer Meute von einem Dutzend Hunden, die sie nicht konsequent vom Rad- bzw. Wanderweg fernhielt. Als Elly sie auf ihre Angst vor Hunden hinwies, bekam sie nicht die altbewährte Antwort: *„Die tun ja nichts!"*, sondern: *„Ich bin ja hier am Arbeiten!"* Das war für Elly keine gültige Antwort und am liebsten hätte sie ihr zurückgerufen: *„Machen Sie doch Homeoffice wie all die anderen auch!"*, aber sie wußte, dass sie damit zu weit ging. Ein Schmunzeln über ihren Einfall konnte sie sich dennoch nicht verdrücken!

Auch das Spazierengehen im nahe gelegenen Wald gliederte Elly in ihren Alltag ein. Sie, die immer verächtlich vom Gehen gesprochen hatte, wandelte ihre Meinung radikal. Ins vollkommene Gegenteil: Sie genoss den Vogelgesang, den Anblick der wandelnden Wolkenformationen, die Verfärbung des Himmels beim nähernden Sonnenuntergang, die Farbnuancen im Grün der sich öffnenden Blätter unterschiedlicher Baumsorten, den Geruch des modernden Holzes, kurz und gut, sie wurde richtig süchtig! Ihre Liebe ging so weit, dass sie manche Baumstämme im Vorbeigehen anfasste, streichelte, einfach nur berührte, um ihnen noch näher zu sein, diese Minuten intensiver mit ihnen zu teilen! Es stimmte offensichtlich, was man den Bäumen zuschrieb: Ebenso mächtig, kräftig und edel sie selber dort standen, so vermittelten oder übertrugen sie gar diese Eigenschaften auf ihre Betrachter! Kein Wunder also, dass Elly stets der Stunde des Hinausgehens entgegen fieberte und ihre Tätigkeiten so einrichtete, dass sie den Spaziergang unter keinen Umständen versäumte. Über die gleichen Empfindungen bei diesen Naturerlebnissen hatte ihr eine Freundin mehrmals berichtet und bei Elly nur stets ein süffisantes Schmunzeln hervorgerufen. Nun verstand sie: Denn im Gegensatz zum Radeln bot eine leichte Wanderung die Zeit zum Einatmen, zum Mitnehmen der einzelnen Naturerscheinungen. „*Wieder eine Einsicht gewonnen! Und in Zukunft nicht mehr so voreilig sein mit deinen Urteilen!*", gestand sie sich demütig. Einmal geschah ein kleines Malheur: Um einer kleinen Gesellschaft bestehend aus Vater, Teenager und großem Hund aus dem engen Weg zu gehen, wich sie ins Gebüsch aus. Ein Fuß blieb aber an der Schlinge einer Brombeere hängen und Elly stürzte zu Boden! Der Herr erkundigte sich sofort, ob ihr etwas geschehen sei, was Elly, schnell wieder auf den Beinen, verneinen konnte. Eins wurde ihr klar: Trotz Abstandsregeln würde sie sich nicht mehr als das minimal Notwendige von anderen Menschen fern halten und kein Risiko der Verletzung eingehen.

Da die meisten Nachmittage so angenehm sonnig blieben, setzte Elly sich gerne auf ihre Terrasse. Sie versuchte, ihren behinderten Ehemann Robert dazu zu überreden, sie zu begleiten. Aber nein, er weigerte sich. Der Grund? Er hörte ständig die Nachrichten, die sich zu 90 Prozent einzig und allein mit der Coronapandemie befassten, ständig neue Zahlen von Infizierten oder Toten bekannt gaben und natürlich auch die Beschlüsse der Regierung. Somit hatte er verstanden, man dürfe seine Wohnung nur aus triftigem Grund verlassen. Elly hatte große Mühe, ihm verständlich zu machen, dass auf der Terrasse keine Ansteckungsgefahr lauere. Als dann aber zusätzlich die Mutter der Nation, Angela Merkel, in häusliche Quarantäne ging, da der sie impfende Arzt infiziert war, dann war Robert nicht mehr von seinem Entschluss abzubringen, sich in der Wohnung einzusperrren. Für ihn war die mögliche Infizierung Merkels die Bestätigung seiner Vorsicht, seiner Angst. Nach einigen Tagen konnte Elly ihn aber davon überzeugen, dass die reine Luft seinen Lungen und seiner Psyche gut tun würde und er gesellte sich ihr auf der einsamen, nur von den Sonnenstrahlen besuchten Terrasse. Aber Elly stellte bald fest, dass Robert auf ihr häufiges Telefonieren langsam eifersüchtig reagierte. Dabei musste er doch froh sein, dass seine Gattin nicht mehr zu ihren verschiedenen Unternehmungen unterwegs war, sondern sich notgedrungen zuhause aufhielt. *„Wie wird dann erst die Zeit danach"*, fragte sich Elly, *„wenn ich wieder in den Philosophiekurs eile, zu meiner Literaturgruppe aufbreche, die Damengruppe aufsuche, usw....?"* Erstaunlich war die Stille, die überall herrschte. Alle Menschen zuhause, alle Kinder zuhause, und dennoch kein Lärm, kein Geschrei, Ruhe pur. Immerhin in einem Wohngebäude mit 16 Parteien. Auch auf der Straße nicht, ein vorbildliches Verhalten.

Einige Tage später rief Robert Elly zu sich. Er wollte etwas Wichtiges kommunizieren. Zum besseren Verständnis seiner wortlosen Gestik kniete sie sich geduldig vor ihn hin. Nicht immer wurde ihr klar, was er ihr mitteilen wollte, außer den alltäglichen Dingen, wie der Wunsch nach seiner Brille, einem Taschentuch, usw. Robert zeigte auf seinen Oberarm und gesitkulierte mit einem Finger dagegen. Diesmal verstand Elly sofort. *„Du willst geimpft werden?"*, fragte sie ihn erstaunt. Er nickte. *„Gegen Corona?"* Wieder Nicken. *„Aber es gibt noch keinen Impfstoff!"* Unverständige, abweisende Gebärde seitens Roberts. Offensichtlich hatten ihn die vielen Informationen über die fieberhaften Untersuchungen zu Tests und Impfstoffen durcheinander gebracht. Es wurden ja täglich Erfolge aufgezählt, die dazu dienen sollten, uns, die Weltbevölkerung zu beruhigen, Hoffnung auf eine Normalisierung der Lebensumstände zu verbreiten. *„Es wird noch lange dauern, bis der Impfstoff für alle da ist. Und glaube nicht, dass du ihn als erster bekommen wirst!"* Damit war das Thema vom Tisch. Aber Elly begriff, dass Robert nicht immer dem Nachrichtenfluss im Fernsehen folgen konnte. Das Zuviel verwirrte ihn. Und er hing am Leben! Trotz Hemiparese, trotz Aphasie.

Aber Robert steigerte sich noch. Als Elly ihn nochmals darauf hinwies, dass er in Bezug auf Corona zur gefährdesten

Bevölkerungsgruppe gehörte, dass er ja krank sei, da zeigte er umgehend seine Entrüstung! Er gab zu verstehen: „*Ich und krank? Das ist ja lächerlich! Liege ich denn im Bett mit Fieber oder Sonstigem? Schau, wie ich durch die Wohnung gehe! Nein, nein!*" Und recht hatte er ja! All das traf auf ihn nicht zu. Keinen Schnupfen, keinen Husten, keine Fehlzeiten bei der Krankengymnastik und der Logopädie und immer bereit für einen Ausflug mit Mittagessen im Restaurant! Die Konsequenzen des heftigen Schlaganfalls vor 15 Jahren komplett verinnerlicht, gekoppelt mit Blindheit für seine Behinderung. Wohlauf, wenn man es schafft, seinen Körper so zu betrachten!

Was Elly schnell lernte, war ihren Tag zu strukturieren. Zu Anfang sagte sie sich manchmal: „*Soll ich heute überhaupt duschen? Wozu überhaupt?*" Dann riss sie sich zusammen: „*Klar, ich muss noch Mensch sein, meine Würde bewahren! Mich sauber ankleiden, nicht mit den besten Klamotten, aber wie immer jeden Tag die Kleidung wechseln. Mich nicht gehen lassen. Mich an der Stange halten!*" Und siehe da: Die Tage vergingen wie im Fluge! Sie verstand selber nicht, wieso!

Obwohl in einigen Staaten über 65-Jährigen das Verlassen ihrer Wohnungen verboten wurde, setzte die deutsche Regierung eine solche Einschränkung nicht ein. Also erledigte Elly ihre Einkäufe selber, obschon sie von zwei Nachbarn das Angebot erhielt, diese für sie zu übernehmen. Aber jedes Mal überkam sie im Laden ein Unwohlsein, leichte Kopfschmerzen, ein vages Schwindelgefühl, sodass sie so schnell wie nur möglich Reissaus nahm! „*Alles nur die Psyche*", sagte sie sich, „*die Angst vor dem kleinen Vieh! Alles nur Einbildung!*" Und tatsächlich: Kaum hatte sie dem Supermarkt den Rücken zugekehrt, so verschwanden alle unangenehmen Symptome!

Ein Thema beschäftigte mehrere von Ellys Freundinnen: Ob die Menschen sich nach Abklingen der Epidemie zum Besseren gewandelt haben würden, eine stärkere Solidarität walten, der Egoismus so wie die in den letzten Jahrzehnten stark zugenommene Individualisierung nachlassen würden. Auch in den Medien kursierten diese Hoffnungen. Elly war anderer Meinung. Zwar würden eine gewisse Zeit lang nach Überwindung der neuen Krankheit einige Menschen mit ausgeprägtem Helfersyndrom, dieses weiterhin verstärkt im Einsatz haben, sich in ihrer helferischen Komponente bestätigt fühlen, die meisten würden aber ziemlich schnell zu ihren alten Gewohnheiten, zu ihrer eingefleischten Wesensart zurückkehren. Wie lange die Gutmenschen walten würden, hinge von der Dauer der Pandemie ab, je länger diese, desto länger auch die Wandlung zum Besseren. Natürlich meldeten sich viele Freiwillige bei verschiedenen Hotlines, um ihre Hilfe anzubieten, aber diese Bereitschaft erinnerte Elly an jene bei der großen Flüchtlingswelle ein paar Jahre zuvor. Auch damals waren mannigfach Ehrenamtliche eingesprungen, hatten Suppen oder Kleidung ausgeteilt, empfingen die erschöpften Migranten am Bahnhof, verwendeten sich auf bewundernswerte Weise für die Fremden, setzten ihre Zeit, manchmal auch Geld ein. Deutschland zeigte sich von seiner guten Seite, mit dem Herzen an der richtigen Stelle.

Nichtsdestotrotz musste Elly an ihre Kusine Elsbeth denken, eine unsympathische, selbstsüchtige, arrogante Person. Als sie Brustkrebs bekam, war sie wie verwandelt: Sie hörte den Gesprächen der anderen zu, zeigte sich einfühlsam, wurde zu einer angenhmen, akzeptablen Person. Elly wunderte sich: *„Sieh mal an, was die Todesangst so bewirken kann! Elsbeth ist nicht wiederzuerkennen! Jetzt nimmt sie die anderen Menschen endlich wahr. Mich eingeschlossen! Sie hat mich nie eines Blickes gewürdigt. Schau Sie aber jetzt an! Sie hat den Zuspruch jedes Einzelnen nötig.“* Diese Wandlung sollte nicht von Dauer sein. Elsbeth wurde nämlich von den Ärzten gerettet, wohlgemerkt ihr Körper, nicht aber ihre Seele. Diese kehrte zu ihrem Urzustand zurück. Nach einem Jahr oder gar zwei Jahren verhielt sich Elsbeth wie eh und je. Für Elly ein Beweis, der Beweis, dass auch die Allgemeinheit nach Corona nicht anders sein würde als in den Zeiten davor, vorübergehend schon, aber nicht für die Ewigkeit. So lernfähig schätzte sie die Menschheit nicht ein. Das gliche einer Utopie.

Und die ersten Anzeichen für die Unverbesserlichkeit des Menschen treten ja bereits während der Krise auf: Firmen liefern schadhafte, untaugliche Mundschutzmasken oder Atemgeräte, obendrein vervielfachen sie die Preise für diese dringend benötigten, rar gewordenen Gegenstände zur Gesundheitserhaltung von Personal und Erkrankten. Aber auch in der Industrie macht sich die wohl bekannte Gier breit: Teile, die zur Produktion bestimmter Maschinen, etc. verwendet werden, die die gewohnten Zulieferer nicht mehr produzieren können, entweder aus Mangel an Personal oder aufgrund des Zusammenbruchs von Lieferketten, werden von unseriösen Anbietern für überhöhte Preise feil geboten. Manch ein Produzent muss auch auf gebrauchte oder nicht unbedingt hochwertige Teile zurückgreifen, um sein bestelltes Produkt an seinen Kunden einigermaßen pünktlich liefern zu können. *„Also Hände weg von in dieser Zeit hergestellter Ware! Eventuell minderwertig!"*, sagte sich Elly.

Natürlich gab es auch positive Zeichen: Ein Nachbar, mit dem Elly bis dahin nur belanglose Begrüßungsformeln ausgetauscht hatte, klingelte zu Anfang der Krise an Ellys Wohnungstür, um sich für Einkäufe anzubieten. Elly, erstaunt und erfreut zugleich. Eine andere Nachbarin machte einen Aushang im Treppenhaus und bot die gleichen Dienste allgemein unter Angabe ihrer Handynummer an. Und auch Kinder zeigten eine soziale Ader: Der 13-jährige Max z.B., der seiner Großmutter und noch einer anderen älteren Dame die Einkäufe tätigte und ihnen bis zur Haustür brachte. Die Pandemie als Pendant zu der leider abgeschafften sozialen Tätigkeit für Bundeswehrverweigerer. Ein Einsatz wie der von Max erschien Elly nicht verbreitet zu sein, denn in den Supermärkten traf sie kaum junge Leute an, die etwas anderes als Getränke oder Sandwiches für sich selber einkauften.

Und im Supermarkt hatte Elly folgendes Erlebnis: Als sie bereits ihre Einkäufe auf das Band gelegt hatte und geduldig auf Distanz darauf wartete, dass die Käuferin vor ihr fertig bezahlte, kam eine ältere Dame hinter ihr dicht an sie heran. *„Halten Sie doch bitte den vorgeschriebenen Abstand!"*, murmelte Elly nicht in ihren Bart, aber in ihren Mundschutz. *„Aber ich will doch die Sachen aufs Band legen!"*, erwiderte die Dame. *„Sie können sie auch dort hinten drauflegen, das Band befördert sie dann automatisch nach vorne!"*, versuchte Elly ihr klar zu machen. *„Aber wir sind doch geschützt!"*, meinte die naive Gesprächspartnerin. *„Aber nein, eben nicht!"*, entrüstete sich Elly. *„Wir sind keineswegs geschützt!"* Nur weil man einen Mundschutz trug, das wurde im Fernsehen ständig wiederholt, sei man nicht vor einer Ansteckung gefeit. Aber nicht jeder Bürger hatte gut hingehört, leider!

Als einige Maßnahmen gelockert und u.a. die Wertstoffhöfe geöffnet wurden, begab sich Elly mit einigem Abfall im Auto dorthin. Sie stellte sich brav in die lange Schlange, aber schon näherte sich ein Ordnungshüter. Während sie die Fensterscheibe herunterkurbelte, zog er sich seinerseits die Maske herunter und instruierte sie höflich: *„Wir haben Regeln eingeführt, um den Andrang in den Griff zu bekommen. Alternierend sind die Autos mit Nummerschildern mit geraden, beziehungsweise mit ungeradem Nummern zugelassen. Sie sind heute nicht dran. Morgen sind Sie willkommen!"* Elly bedankte sich und verließ die Warteschlange. Die Regelung leuchtete ihr ein, nicht aber das Verhalten des Angestellten. *„Wieso zieht er die Maske herunter, wo* *ich doch keine anhabe, als Autofahrer keine tragen darf? Man muss ständig auf der Hut sein!"*

Sie fuhr weiter zum Baumarkt. Am Eingang setzte sie die Maske auf und nahm sich wie vorgeschrieben einen Einkaufswagen, der zur leichteren Einhaltung der Abstände zwischen den Kunden dienen sollte. Bei der Information angelangt, fragte sie nach den Gartentischen. Die Angestellte, die einen Mundschutz trug, wurde kurz von ihrer Kollegin aufgehalten. Diese, ebenfalls mit Mundschutz und offensichtlich soeben an ihrem Arbeitsplatz eingetroffen, grüßte sie mit einer freudigen Umarmung, Kopf an Kopf, Wange an Wange! Elly staunte, sagte aber nichts. Hatten diese Damen immer noch nicht verstanden, dass sich eine schlimme Krankheit mit gewaltigen Schädigungen für den Organismus ausbreitete? Verständnislosigkeit und Leichtsinnigkeit breiteten sich mit vergleichbarer Geschwindigkeit aus! Man konnte darüber nur den Kopf schütteln!

Eine diffundierte Meinung bestand im Glauben, die Pandemie müsse eine Bedeutung haben, der Menschheit eine Lehre übermitteln, eine Aussage haben. *„Warum denn?"*, fragte sich Elly. *„Leben wir denn noch im Mittelalter, in dem die Kirche solche Katastrophen als Bestrafung Gottes für die Sünden der Menschen deutete, sie ermahnte, sie ängstigte, damit sie sich enger an den Schoß der Kirche klammerten? Noch abhängiger von ihr wurden? Noch abergläubischer? Und dieser Aberglaube: Im 21. Jahrhundert immer noch präsent? Und den Menschen nicht bewusst, dass die jahrhundertelange Indoktrination der Kirche sie immer noch im Griff hat? Ja, eine transzendentale oder mystische Erklärung, Esoterik, wäre praktischer, würde zu dem unsichtbaren, geheimnisvollen Wesen passen. Aber die Pandemie ist halt da, weil in China ein Virus von einem Tier auf den Menschen übergesprungen ist und wir nun damit zurecht kommen müssen, dass einige Chinesen unvorsichtig gehandelt haben. Basta!"*

Und dennoch: Im Alten Testament gibt es eine Erzählung über einen zu großem Reichtum gelangten Mann, der trotz seiner Gottesfürchtigkeit eines Tages vor dem Ruin steht. Ja, richtig, es handelt sich um Hiob. Sein wirtschaftlicher Erfolg vergleichbar mit dem der kapitalistischen Globalisierung, in der sich eine Menge Menschen in einem immerwährenden Eldorado wähnten. Bei Hiob schaffte eine Wette zwischen Gott und Satan, einem gefallenen Engel, den Zusammenbruch seines Wohlstandes. Im 21. Jahrhundert ist es das Erscheinen des winzigen Virus. Der gleiche Effekt: Kahlschlag. Nur fällt es uns heutzutage schwer, Hiobs demütige Worte zu wiederholen: *„Der Herr hat's gegeben, der Herr hat's genommen, der Name des Herrn sei gelobt"* (Hiob 1,21). So pragmatisch ist die heutige Welt nicht, eher tendiert sie zum Genuss und gibt sich leidensscheu. Nicht von ungefähr lautet eine Reklame des Mediamarkts, die Käufer sollen *Spaß* haben. Ja, es handelt sich um eine Spaßgesellschaft, die ständig Neues und damit Spannendes erleben möchte. Von Demut keine Spur. Und vor wenigen Tagen hat gerade dieses Wort der Bundestagspräsident Wolfgang Schäuble in den Mund genommen: Wir sollen uns in Demut üben. Womit gemeint ist, wir sollen, die ungemütlichen Einschränkungen im jetzigen Alltag akzeptieren, das Beste daraus machen, uns anderen Werten zuwenden, unsere Hybris abschütteln, vielleicht auch unserer Vergänglichkeit, Nichtigkeit bewusst oder bewusster werden.

Und da waren ja noch die Verschwörungstheorien. Sie sprießen aus der Gesellschaft wie der Spargel aus dem Boden. Auch der Gärtner, Elvis, ein Pole, der Elly bei schweren Arbeiten unter die Arme griff, war ihnen verfallen. *„Das Virus hat Bill Gates in Umlauf gebracht."* *„Ja, aber wozu denn? Er hat doch Geld wie Heu und spendet ständig Abermillionen für verschiedene Gesundheitsprojekte!"* *„Ja, Macht ist ihm halt wichtig!"* Elly hingegen war machtlos. Und versuchte ihren Gehilfen geschichtlich aufzuklären: *„Wissen Sie, Elvis, als vor fast 200*

Jahren die ersten Eisenbahnen fuhren, dachte die Bevölkerung, Mediziner inbegriffen, dass der Mensch durch die Geschwindigkeit von 25 bis 30 kmh krank würde! Heute fahren die Züge 300 Stundenkilometer und mehr, aber wir bleiben gesund! Jede Neuerung bewirkt Verunsicherung. Als dann ab dem Jahr 1900 die ersten Metros in Paris ihren Betrieb aufnahmen – selbstverständlich unterirdisch – weigerten sich viele Menschen die kunstfertigen Treppen zum Gleis hinunter zu gehen. Sie empfanden es als das Hinabsteigen in die Hölle! Heutzutage teilt kein Mensch mehr diese Furcht! Und vor wenigen Jahrzehnten erschien das Handy, das heutzutage niemand mehr entbehren möchte, und auch nun mehrten sich die Stimmen, die Krankheiten voraussagten aufgrund der zahllosen durch den Ether schwirrenden elektrischen Wellen. Auch hiervon wissen wir, dass keine gesundheitlichen Nebenwirkungen entstanden sind. Was ich damit darstellen möchte, ist die verbreitete Angst vor Neuerungen oder Neuerscheinungen. Was wir nicht verstehen, versuchen wir zu deuten. Wenn wir es ablehnen, verteufeln wir es. Aber unsere Gefühle reichen nicht aus, um Annahmen in Wahrheiten zu verwandeln. Auch nicht, wenn viele sie aus Bequemlichkeit teilen und für glaubhaft halten." Elly hielt ihren kleinen Vortrag, ohne an einen Erfolg zu glauben. Elvis würde sicherlich weiterhin seinen Vorstellungen nachhängen.

Was die Sprache anbelangt, so schlichen sich seichte Veränderungen ein: Herbert erwähnte, dass die Fußgänger in *Grüppchen* gingen. Als Elly ihn verwundert ansah, korrigierte er: *„Zu zweit halt!"* Im Coronadeutsch war eine Gruppe auf zwei Personen reduziert, oder anders gesagt: Zwei Personen zusammen bedeutete in dieser Epoche der Einsamkeit schon eine Vielzahl! Und noch eine Verlagerung im Vokabular fiel Elly auf. In den Nachrichten wird mehrmals täglich über die Straßenverhältnisse berichtet. Nun aber galt die Aussage *„normaler Verkehr"* eher für *„abnormalen Verkehr"*. Warum? Denn, wenn in Bayern, auf den Autobahnen um München, am Wochenende nicht Staus und

Unfälle aufgezählt werden, wenn die Durchsage im Radio: „*normaler Verkehr*" lautet, dann hat sich durch Corona eine Bedeutungsumkehrung eingeschlichen!

In einem feinen Altenheim hätten einige Bewohner die Absperrungen im Café mißachtet, wurde Elly berichtet. Sie seien einfach über die rot-weißen Bänder gestiegen, hätten sich gemütlich nebeneinander gesetzt, zusammen Kaffee getrunken und sich dabei angeregt unterhalten. „*Aus welchem Grund widersetzen sich ansonsten pflichtbewußte, noch nicht demente Heimbewohner bestehenden, vernünftigen Anordnungen? Wieso diese Uneinsichtigkeit? Oder denken sie ganz anders: Wir haben gelebt und das bisschen, das uns verbleibt, das wollen wir noch genießen, mitnehmen und nicht eingesperrt vor uns dahin dösen. Und wenn es morgen vorbei ist, dann kann man zumindest sagen: Sie haben das Leben voll ausgekostet!*"

Dieses Verhalten gab Elly zu denken: „*Die Ausgangsbeschränkungen wurden von den meisten Regierungen der Welt hauptsächlich deswegen ergriffen, um gerade die schwächsten der Gesellschaft zu schützen, siehe die Älteren, die meistens bereits an einer oder mehreren Krankheiten leiden. Die Mehrzahl der Verstorbenen gehört in diese Kategorie. Mit Rücksicht auf diese gefährdete Gruppe wird die Industrie, die Wirtschaft, das gesamte normale Leben stillgelegt. Eine ethische Entscheidung.*" Als Elly diese Gedanken mit einer Freundin erörterte, fügte diese hinzu: „*Wenn wir die Alten im Stich ließen, wenn wir sie der Seuche preis geben, dann würden wir à la Hitler handeln.*" Und Elly erwiderte: „*Für den Lebenserhalt von einigen wenigen Jahren dieser Menschen bürden wir unseren Kindern und unseren Enkeln eine große Bürde auf. Denn es wird uns ständig wiederholt, der wirtschaftliche Schaden wird auch kommende Generationen belasten. Schon vor Jahren hatten sich die Krankenversicherungen in den Niederlanden mit der Frage auseinander gesetzt, wie viel ein menschliches Leben wert ist, d.h. kosten darf. Also für wen sich eine Operation oder die Vergabe von teuren Medikamenten auszahlt, sprich wie lange er dadurch tatsächlich weiterleben wird. Auch derzeit wird erwogen werden, wem man bei Mangel ein Atemgerät zur Verfügung stellt. Die Präferenz fällt hoffentlich auf den Jüngeren. Das Ethikprinzip außer acht lassend!"*

In dieser Coronazeit gab es selbstverständlich auch Gewinner. Einer davon war der kleine Bernd, erst im sechsten Lebensmonat befindlich, der vierte von vier Buben. Eigentlich hatten seine Eltern geplant, ihn ab dem siebten Monat in eine Krippe zu geben. Beide mussten schließlich arbeiten. Das Baby tat ihnen leid, aber der beiderseitige Verdienst war für die Familie unerlässlich. Da weder Vater noch Mutter in einem systemrelevanten Beruf arbeitete – wieder so ein Coronabegriff! -, hatten sie aber keine Chance. Wozu? Für einen Krippenplatz. Nichts zu machen. Bernd blieb zuhause, so wie der Rest der Familie auch. Er durfte nun – dank Corona – inmitten seiner drei Brüder und der Eltern weilen, die sich Homeoffice mit den diversen anderen Aufgaben wie schulische Unterrichtung, mittägliches Kochen, u.v.m. teilten. Für Bernd war dieses Zusammensein eine Selbstverständlichkeit, das Leben schlechthin! Alle im trauten Heim, kein Alleinsein, kein Abschieben in fremde Hände. Immer war ein Familienmitglied bereit, sich seiner anzunehmen. Er wurde von einem Armpaar in das nächste gereicht, von einem Zimmer ins andere. Diese Nestwärme besaß für ihn Allgemeingültigkeit, auch wenn er von der Situation anderer Babys nichts wusste, noch weniger von der, die ihm geblüht hätte! Eine Idylle außerhalb der Realität, umgeben von der durch Corona verursachten Misere und den Lebenseinschränkungen. Und die Oma strahlte insgeheim vor Glück! Welch eine Erleichterung zu wissen, dass Bernd in den Genuss der Geborgenheit, der häuslichen Liebe frei von Einschränkungen geraten war! Doch auch er würde eines Tages die Wirklichkeit mit dem Auseinanderdriften der einzelnen Familienmitglieder, jedes in seine Aktivität, einholen. Ein Erwachen in eine für ihn unbekannte Normalität.

Mit den ersten Lockerungen strömten die Menschen auf die Straßen, die Autobahnen, eroberten die Liegeflächen an den Seeufern, füllten die Biergärten, wenn auch auf Distanz. Auch der Himmel wurde wieder bevölkert, er, der sich wochenlang prunkvoll im klaren Azurblau präsentieren durfte, wurde kreuz und quer wieder zerkratzt durch die Wasserdampfspuren der Flugzeuge unterwegs in geheimnisumwobene Fernen. Vorbei die Stille. Vorbei die Besinnlichkeit. Zurück in die Hektik, in den Alltag. Oh, jemine!